ハヤカワ・ミステリ文庫
〈HM㊻-6〉

ミレニアム 6
死すべき女
〔下〕

ダヴィド・ラーゲルクランツ
ヘレンハルメ美穂・久山葉子訳

早川書房
8635

HON SOM MÅSTE DÖ
by
David Lagercrantz

Translated by
Miho Hellen-Halme & Yoko Kuyama
First published by
Norstedts, Sweden, in 2019
Published 2021 in Japan by
HAYAKAWA PUBLISHING, INC.
This book is published in Japan by
direct arrangement with
NORSTEDTS AGENCY.

アビスコ（国立公園）
イェーヴレ
ボスニア湾
ティエルプ
ウップランド地方
ウプサラ
150
100
50
0
(km)
ストックスンド
ストックホルム
ハーニンゲ
オーレ
エステルスンド
ボスニア湾
ノルウェー
スウェーデン
フィンランド
アーランダ空港
サンクトペテルブルク
ウプサラ
ストックホルム
サンド島
（サンドハムンがある）
トロングスンド
エストニア
ロシア
バルト海
モスクワ
リュブリョフカ
リンシェーピン
イェーテボリ
ラトビア
デンマーク
リトアニア
コペンハーゲン
ロシア
（飛び地）
ベラルーシ
ドイツ
ポーランド

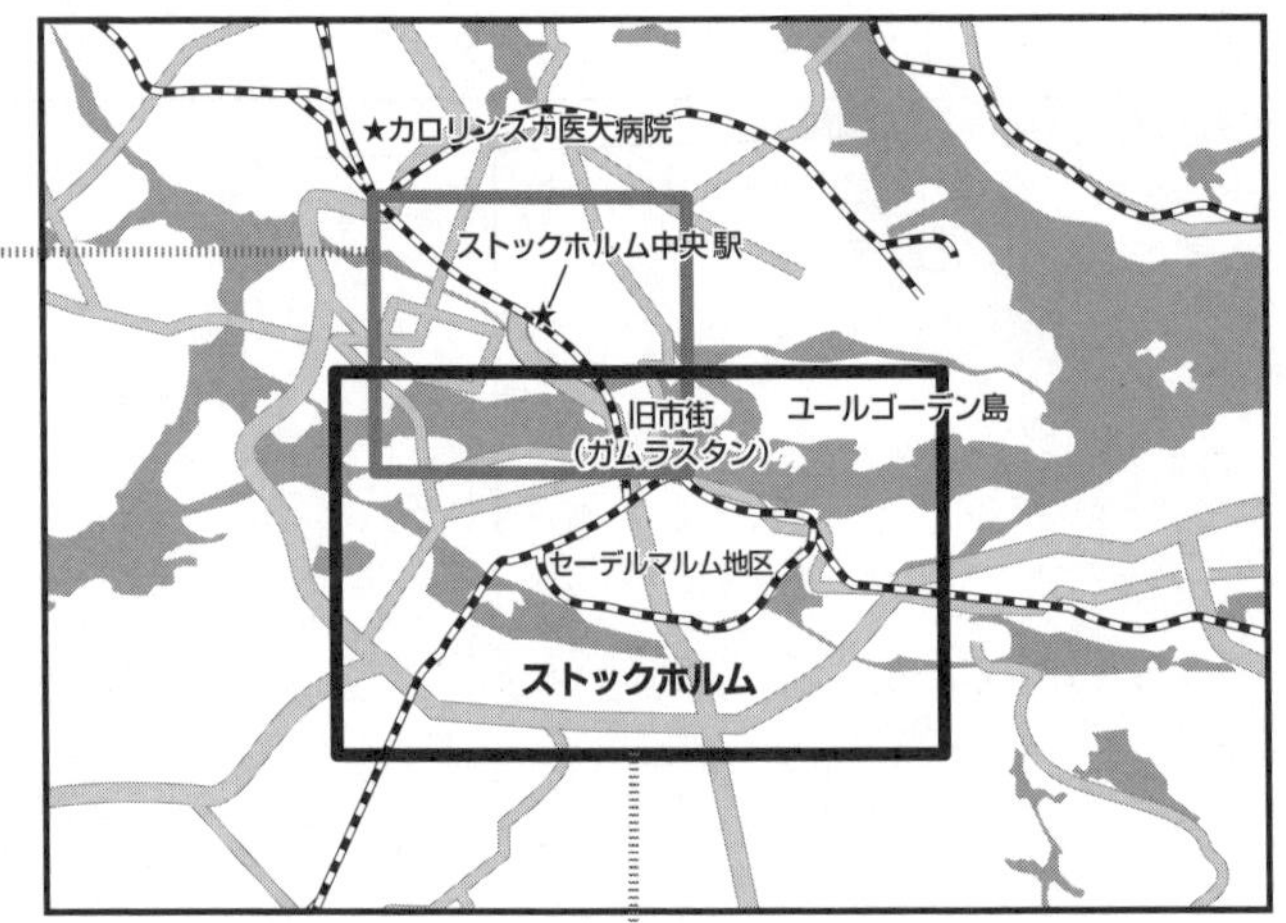

ストックホルム

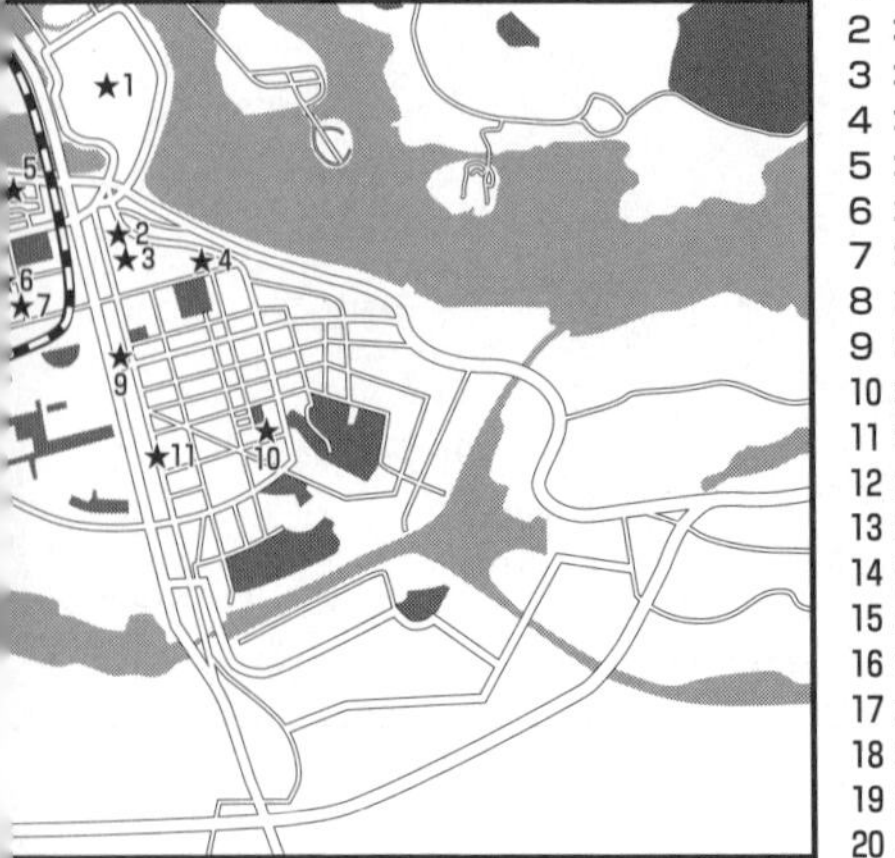

1：旧市街（ガムラスタン）
2：スルッセン
3：『ミレニアム』編集部
4：リスベットの旧自宅
5：ミカエルの自宅
6：サンクト・パウル通り
7：ベルマン通り
8：ストックホルム南駅
9：メドボリアル広場
10：ニィトリエット広場
11：ヨート通り
12：ホルン通り
13：マリアトリエット広場
14：スヴェーデンボリ通り
15：ノール・メーラルストランド通り
16：ルンダ通り
17：シンケンスダム駅（地下鉄）
18：リング通り
19：タントルンデン公園
20：ローセンルンド通り

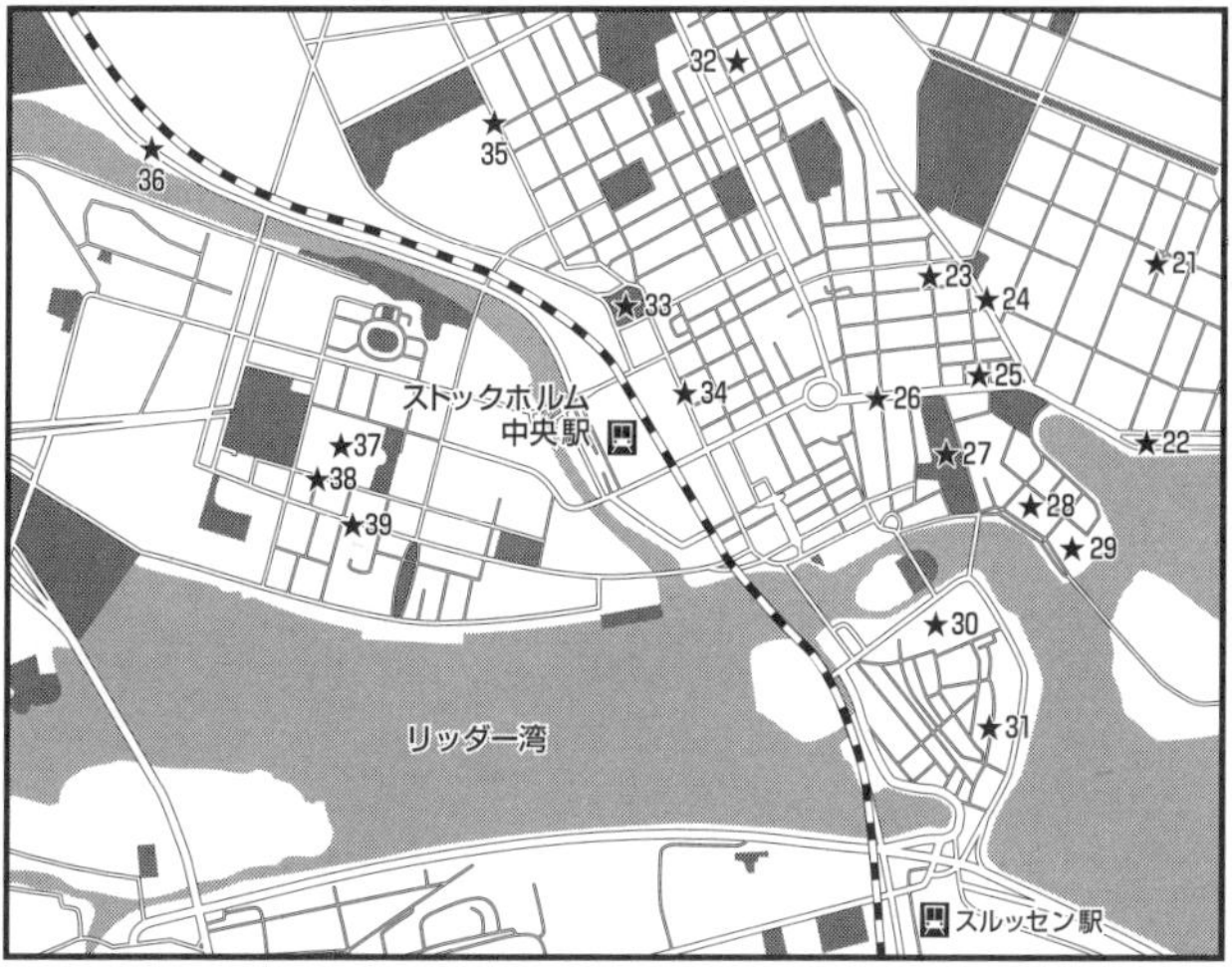
32
35
36
33
34
23
24
21
25
26
22
27
28
29
30
31
37
38
39
ストックホルム
中央駅
リッダー湾
スルッセン駅

拡大図

21：ユングフルー通り
22：ストランド通り
23：ノルランド通り
24：ビリエル・ヤール通り
25：ノルマルム広場（ホテル・ノービスがある）
26：ハムン通り
27：クングストレードゴーデン公園
28：グランド・ホテル
29：ホテル・リドマル
30：王宮
31：エステルロング通り
32：ホテル・ヘルステーン
33：ノーラ・バーントリエット広場
34：ヴァーサ通り
35：ダーラ通り
36：クララストランド街道
37：警察庁舎（県警本部などがある）
38：ベリィ通り
39：ハントヴェルカル通り

15
リッダー湾
16
17
12
13
14
18
19
20
オシュタ湾

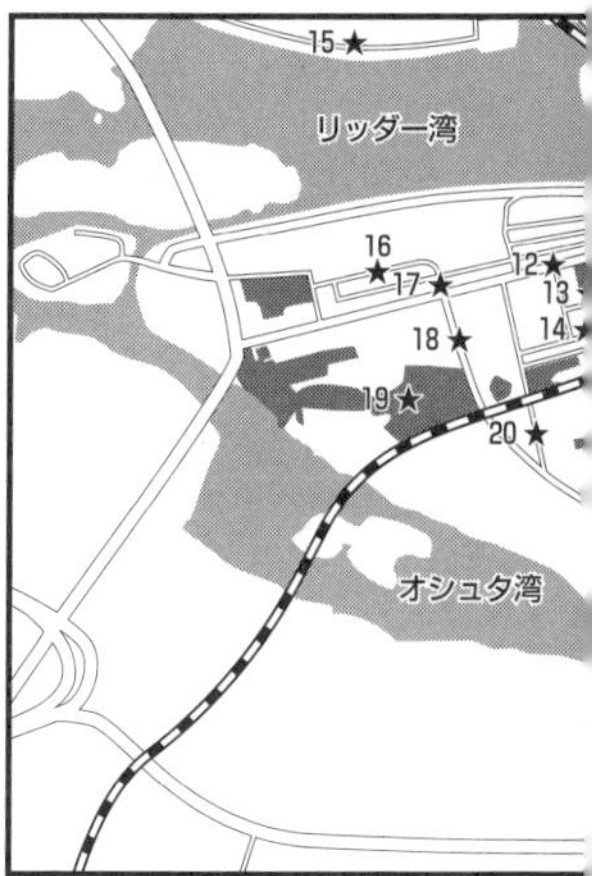

拡大図

登場人物

ミカエル・ブルムクヴィスト……………………『ミレニアム』の共同経営者・記者
エリカ・ベルジェ………………………………同編集長・共同経営者
ソフィー・メルケル……………………………同記者
アニカ・ジャンニーニ…………………………ミカエルの妹。弁護士
リスベット・サランデル………………………背中にドラゴンのタトゥーのある女。ハッカー
アグネータ……………………………………リスベットの母親
プレイグ………………………………………リスベットの友人。ハッカー
パウリーナ・ミュラー…………………………リスベットの友人
トーマス・ミュラー……………………………パウリーナの夫
ウルリケ・イェンセン…………………………コペンハーゲンで働く警部補
カディ・リンデル………………………………リスベットが住んでいたマンションの購入者
カミラ（キーラ）………………………………リスベットの双子の妹

アレクサンデル・ザラチェンコ（ザラ）……リスベットの父親。元GRU工作員
イヴァン・ガリノフ……元GRU工作員
ウラジーミル・クズネツォフ……フェイクニュースの発信者
ユーリー・ボグダノフ……コンピューターエンジニア
マルコ・サンドストレム……オートバイクラブの総長
ペーテル・コヴィッチ
コニー・アンデション
クリッレ
……同メンバー

フレドリカ・ニーマン……法医学者
カトリン・リンドース……評論家
ヘイッキ・ヤルヴィネン……元工場労働者
マッツ・サビーン……軍事史の専門家
ロバート・カーソン……特異な遺伝子を持つ男
クラース・ベリィ……軍情報局長官
エルセ・サンドベリ……聖ヨーラン病院の研修医

ヨハネス・フォシェル……………………………国防大臣
レベッカ・フォシェル…………………………ヨハネスの妻
スヴァンテ・リンドベリ………………………ヨハネスの友人。政務次官
クララ・エンゲルマン…………………………元モデル
スタン・エンゲルマン…………………………クララの夫。大物実業家
ヴィクトル・グランキン………………………山岳ガイド
リリアン・ヘンダーソン………………………雑誌の記者
ニマ・リタ………………………………………シェルパのリーダー
ルナ………………………………………………ニマの妻
エリン・フェルケ………………………………フィットネス界の元有名人
ヤネク・コヴァルスキー………………………ヨハネスの友人
ヤン・ブブランスキー…………………………ストックホルム県警犯罪捜査部警部
ソーニャ・ムーディグ
イェルケル・ホルムベリ
クルト・スヴェンソン
アマンダ・フルード
}……………………………………………………ブブランスキーの部下

目次

ミレニアム6 死すべき女〔下〕

第二部　山の民（承前）

第十九章

八月二十七日

できることならスヴァーヴェルシェー・オートバイクラブとは関係を断ちたい、とキーラは思っている。滑稽(こっけい)なベストやら、鋲(びょう)やフードのついた服やらを着て、刺青(いれずみ)を入れたろくでもないチンピラどもなど、さっさと追い払ってしまいたい。それなのに、またあの連中が必要になった。だからたっぷり金を払い、ザラチェンコの名前も出して、これは彼の弔(とむら)い合戦なのだと説明した。

もううんざりだ。ちんけな負け犬とののしってやりたい。散髪に行け、服もどうにかしてこい、と命令したい。それでも表面上は冷ややかな威厳を保ちつつ、キーラはあらためて、ガリノフがいっしょに来てくれたことに感謝した。今日のガリノフは白い麻のスーツに茶色の革靴という姿で、彼女の正面にある赤い肘掛け椅子に座り、スウェーデン語と低地ドイツ語の縁戚関係だか何だかについての記事を読んでいる。まるで視察旅行にでも来たかのようだ。が、彼がいると落ち着ける。昔とのつながりが感じられる。それに何より、オートバイクラブの連中が彼を怖がっている。

　彼らが女の命令など聞けないとばかりに歯向かってきても、ガリノフが老眼鏡を下げてアイスブルーの瞳でにらみつけるだけでいい。連中は黙り込んでおとなしくなる。ガリノフにどんなことができるか、よく心得ているのだろう。というわけで、ガリノフがこうして何もせずに座っていても、キーラはまったく気にしていない。

　彼にはのちのち出番があるのだ。リスベット捜しはボグダノフとチンピラどもが担当している。いまのところまだ見つかっていないし、手がかりすらない。まるで影を追っているかのようだ。さらにだめ押しのごとく、昨夜またひとつ足がかりが失われた。オートバイクラブの総長、マルコ・サンドストレムを呼びつけたのはそのためだ。そのマルコがいま、チンピラもうひとりと連れ立って居間に入ってきた。確かクリッレという名前だったはずだ。心底どうでもいいことだが。

「言いわけは聞きたくない」とキーラは言った。「事実だけを報告しなさい。いったいなぜこんなことになったのか」

　マルコが不安げな笑みを浮かべる。キーラはそれを好ましく感じた。マルコもスヴァーヴェルシェーの連中の例に漏れず大柄で、性格も威圧的だが、顎ひげを生やしたり髪を長く伸ばしたりしない程度にはセンスがいい。腹も出ていないし、顔立ちは端整とも言える。あの胸板になら、昔のように爪を立ててやってもいい、とまだ思える。

「こんな任務は無茶だ」マルコはそう言い、少しは威厳のあるところを見せようとしたが、横目でガリノフの様子をうかがわずにはいられなかった。ガリノフのほうは目も上げない。やはり好ましい、とキーラは思った。

「どこがどう無茶なの？　あの男を見張ってほしいだけなんだけど」

「昼夜を問わずにだろう。それには人手が要るんだ。それに相手はただの雑魚じゃない」

「いったい、なぜ、こんなことに、なったわけ？」キーラは単語のひとつひとつに力をこめた。

「あの野郎が……」確かクリッレという名の男が口を開く。

　マルコが彼をさえぎって言った。

「おれが話す。カミラ……」

「キーラと呼びなさい」

「失礼、キーラ。ブルムクヴィストはきのうの午後、モーターボートであっという間にいなくなった。追いかけるのはとても無理だった。しかもそのあと面倒なことになってさ。警察や軍隊が島じゅうにうじゃうじゃいたんだ。あの男がどこへ行ったのか、結局さっぱりわからなかったから、二手に分かれることにした。ヨルマがサンドハムンに残って、クリッレはベルマン通りに行って待機した」

「で、そこにミカエルは現われたわけ？」

「夜遅くにタクシーで帰ってきた。疲れ果てた様子で、あとは家で寝るだけにしか見えなかった。それでもその場に残ったクリッレのことは褒めてやるべきだと思う。ブルムクヴィストは部屋の明かりを消した。それなのに夜中の一時、いきなり鞄を持って出てきたかと思ったら、地下鉄のマリアトリエット駅に向かって歩きだした。一度も振り返らなかった。ホームでは座って両手に顔を埋めてた」

「具合が悪いみたいに見えたよ」クリッレが口をはさんだ。

「そのとおり」マルコが続ける。「そうやってこっちを油断させたんだ。気が緩んじまった。地下鉄の中でも、あいつは頭を窓にもたせかけて目をつぶってた。へとへとに疲れてる感じだった。なのに、そのあと……」

「何があったの？」

「ガムラスタン駅で、ドアが閉まる直前、いきなり立ち上がって鉄砲玉みたいに車両を飛び出していって、ホームから消えちまった。それで見失ったんだ」

キーラは黙っていた。しばらくひとことも発しなかった。ガリノフと目くばせを交わし、マルコがそれを見ていることに気づいた。それから自分の両手に視線を落とし、そのままじっと動かずにいた。怒りを爆発させるより、黙りこくってじっとしているほうが相手をおびえさせるというのは、早いうちに学んだことだ。わめき散らし怒鳴りつけたいのを我慢して、そっけなくこう言った。

「サンドハムンでブルムクヴィストといっしょにいた女だけど。身元はわかった？」

「もちろん。カトリン・リンドースといって、住所はニィトリエット広場六番地。マスコミでちょっと注目されてる出しゃばり女だ」

「で、その女、ブルムクヴィストにとっての値打ちは？」

「そりゃあ……」またクリッツレが口を開いた。

クリッツレは長髪をひとつにまとめ顎ひげを生やした、小さく潤みがちな目をした男だ。恋愛のエキスパートにはとても見えないが、どうやら説明したいらしい。

「恋人同士みたいだったよ。庭で一日じゅうべたべたくっついてさ」

「なるほど。じゃあ、その女も見張りなさい」

「おいおい、カミラ……いや失礼、キーラ、そりゃあずいぶんな要求だよ。三カ所も見張れっていうのか」マルコが言った。

キーラはまた、しばらく黙っていた。それから、もう帰っていい、とふたりに告げた。すらりと背の高いガリノフが立ち上がり、ふたりを玄関まで連れていってくれたのがありがたかった。彼ならそこで、ふたりにちょっとした言葉をかけてくれるだろう。その場ではただの挨拶のように聞こえるが、しばらくしてその意味を理解したときには、心底恐ろしくなるような言葉を。

そういうのがガリノフの得意とするところで、いまはそういう人が必要だと感じる。また主導権を失ってしまったのだから。キーラは腹立たしい思いでマンション内を見渡した。広さは百七十平米、二年前に隠れ蓑となる人物を通じて購入したもので、いまだに無個性そのものだし、家具もまばらだ。が、ほかに選択肢がない以上、これで我慢するしかない。

キーラは悪態をつきながら立ち上がり、ノックもせずに右の角部屋に入った。そこではユーリー・ボグダノフが汗のにおいをぷんぷんさせながら、何台ものパソコンに覆いかぶさるようにして座っていた。

「ブルムクヴィストのパソコンはどう？」キーラが尋ねた。

「見方によるな」

せは皆無らしい。

ユーリーが気まずそうに座り直すのを見て、キーラはすぐに察した。こちらもよい知らせは皆無らしい。

「進展はないってこと？」

「前にも言ったとおり、サーバーには侵入できた」

「どういう意味？」

「ブルムクヴィストはきのう、国防大臣のフォシェルについてネットで検索してた。これはもちろん興味深い。フォシェルはGRUの標的だし、昔ガリノフとかかわったこともあるからな。でも、それだけじゃなくて、大臣はきのう……」

「フォシェルのことはどうでもいい」とキーラは吐き捨てた。「ブルムクヴィストが送受信した暗号化メッセージのことがわかればいいの」

「それは解読できなかった」

「できなかったって何？　もっと努力しなさい」

ボグダノフは唇（くちびる）を噛（か）み、テーブルを見下ろした。

「もうサーバーには入れないんだ」

「何ですって？」

「昨夜、おれが仕込んだトロイの木馬が駆除されちまった」

「どういうことなの？」

「わからない」

「あんたのトロイの木馬は誰にもつぶせないんじゃなかったの？」

「そうなんだが……」

ボグダノフは爪を噛んだ。

「つまり、天才的な誰かのしわざである、と。そう言いたいの？」キーラは噛みつくように言った。

「どうやらそのようだ」ボグダノフが小声で認めたので、キーラは怒りのあまり我を忘れかけたが、ふとある考えが浮かび、怒鳴り散らす代わりに笑顔になった。

わかったのだ。リスベットはいま、夢にも思わなかったほど近くにいる。

ミカエルはルントマーカル通りにあるホテル・ヘルステーンのベッドに寝そべり、リスベットはカーテンのかかった窓辺の赤い肘掛け椅子に座って、ぼんやりと彼を見ている。ミカエルは二時間ほどしか眠れていない。ここに来てよかったのかどうか、まったく自信がなかった。ロマンチックな夜を過ごしたわけではなく、旧友に会ったという感慨すらない。部屋の戸口に立った時点で、すでに何もかもがおかしかった。

リスベットは、すぐにでもその服を引っぱがしたいというような目でにらみつけてきた。ここへ来る道すがら、カトリンのことを考えていたミカエルだが、それでももしそうなったら抵抗はしきれなかっただろうと思う。だが、リスベットが飛びかかった先はミカエルではなく、彼のパソコンと携帯電話だった。彼女はそれらを奪い取ると、床に黒いスクリーンのようなものを立てて中に閉じこもり、妙な体勢で身をかがめてしゃがみ込んだ。その姿勢でひとことも発しないまま、指だけがすさまじいスピードで動いている。そのまま時が経ち、ミカエルはついに我慢できなくなった。カッとなって、ぼくはあやうく溺れ死ぬところだったんだぞ、と声を荒らげた。大臣の命を救ったんだ、もういいから寝かせてくれ、そうじゃなければ口くらいきいてくれたっていいんじゃないか？　いったい何をやってるんだ？

「黙ってて」とリスベットは言った。

「冗談じゃないよ」

頭に血がのぼり、ミカエルはもうここを出ていきたい、リスベットの顔など二度と見たくないという気持ちになった。が、そのうち何もかもがどうでもよくなって、彼は服を脱いでダブルベッドの片側に横になると、子どものように拗ねたまま眠ってしまった。夜明けごろ、リスベットが隣に潜り込んできて、狂気じみた誘い文句よろしく、彼の耳元でこうささやいた。

「さっきは偉そうなこと言ってたけど、パソコンにトロイの木馬が入ってたよ」それで、その夜は台なしになった。

ミカエルは恐怖にかられた。情報提供者の身の安全が心配になり、いったい何が起きているのか説明しろとリスベットに迫った。するとリスベットがしぶしぶながらも話してくれて、しだいにミカエルにもその信じがたい全貌が見えてきた。いや、もちろんすべてではない。リスベットはいつものごとく口数が少なかったし、そのうち目をしばたたくようになって、枕に頭を預けるなり寝入ってしまった。ミカエルは動揺のおさまらないままひとり残され、罵詈雑言を吐いた。今夜はもう眠れないだろうと思っていたが、それでもどういうわけか眠っていたらしい。いましがた目が覚めたとき、リスベットは丈の長すぎる黒シャツとパンティーだけを身につけ、窓辺の肘掛け椅子に座って、夢うつつの状態で物思いにふけっているように見えた。ミカエルはとまどいつつ、彼女の脚の筋肉を、目の下の隈を見つめていたが、やがてドアのほうに視線をやった。すると、リスベットの声が聞こえてきた。

「朝食が届いてる」

「そうか」ミカエルはドアに向かい、トレイ二つを運んできてベッドに載せた。

窓辺に置いてあるネスプレッソのマシンでコーヒーをいれ、ベッドの上に座ると、リスベットもその正面に腰を下ろした。ミカエルは彼女を見つめた。見知らぬ人のようにも、親しい友人のようにも思える。いままでになくはっきりと、こう感じる――自分は、この人を理解している。同時に、まったく理解できていない。

「どうして躊躇（ちゅうちょ）した？」と彼は尋ねた。

リスベットはミカエルの問いかけが気に入らなかった。その表情も気にくわない。この場から逃げ出すか、彼をベッドに押し倒すかして、とにかく黙らせたいと思った。パウリーナのこと、彼女の夫のこと、手にしたアイロンのことを思い出す。はるか昔、子どものころのもっとひどい記憶もよみがえってきて、ミカエルの質問に答える義務などない気がしてきた。それでもなお、こう言った。

「ひとつ、思い出したことがあって」

ミカエルが強いまなざしで見つめてくる。リスベットは口を閉じておかなかったことを即座に後悔した。

「何を思い出したんだい？」

「何でもない」

「話してくれ」

「家族のこと」

「家族の何を思い出した？」

もういいでしょ、とリスベットは思った。あきらめてよ。

「昔……」彼女は語りだした。もう自分の力では止められないような気がした。それとも結局、心のどこかで、この経験を言葉にしたいと思っていたのだろうか。

「昔？」

「カミラが家のものを盗んだり、ザラをかばって警察に嘘をついたりしてるのを、母は知ってた。カミラが社会福祉当局にでたらめを言って、それで家がよけいにめちゃくちゃになったことも」

「そうらしいな」

「知ってるの？」

「ホルゲルから聞いた」

「じゃあ、これも知ってるのかな……」

「何を？」

いや、言わないほうがいいだろうか？

リスベットはそれでも言葉を吐き出した。

「母がついに我慢できなくなって、カミラを家から追い出すって脅した」

「それは知らなかった」

「事実よ」

「だけど、カミラだってまだ子どもだったろう?」

「十二歳」

「それなのに……」

「怒って思わず言ったことで、深い意味はなかったのかもしれない。いずれにせよ、母はいつだってわたしの味方だった。それは確か。カミラのことは嫌ってた」

「まあ、どこの家でもそういうことはあるよな。子どもが何人もいると、誰かひとりが親のお気に入りになる」

「でも、うちの場合は、そのせいで大きなツケがまわってきた。現実が見えなくなってた」

「現実?」

「目の前で起きてたこと」

「何が起きてたんだ?」

もうやめて、とリスベットは思った。もう、もう、やめて。

大声を上げ、この場から逃げてしまいたい。それでもなお、もはや抑えのきかない力に押されるようにして語りつづけた。

「母もわたしも、カミラにはザラがいるって思ってた。二対二の戦いだと思ってたの。母とわたし、ザラとカミラ。でも、そうじゃなかった。カミラはひとりきりだった」

「きみたち全員ひとりぼっちだっただろう」

「それでも、カミラがいちばん孤独だった」

「どういう意味で？」

リスベットは目をそらした。

「ザラは夜、ときどきわたしたちの部屋に入ってきた」と彼女は語った。「いったいなぜなのか、当時はわからなかった。深く考えもしなかった。単に、自分勝手に振る舞う邪悪な男だという認識で、そういうものとしか思ってなかった。それに当時、わたしが考えていたことはひとつしかなかった」

「お母さんへの暴力を止めたい、ってことだね」

「ザラを殺したかった。カミラがザラと組んでるのは知ってた。だから、カミラのことを心配する理由はなかった」

「そりゃそうだな」

「でも、疑問に思うべきだった。なぜザラが変わったのか」

「どんなふうに変わったんだ？」

「夜、頻繁にうちに泊まるようになった。考えてみればザラらしくない。人にかしずかれる贅沢な暮らしに慣れてるはずなのに、急にうちのアパートでもよくなったみたいだった。そうなったのは、チェス盤に新たな駒が登場したからにちがいない。で、トヴェルスコイ大通りでやっと気づいたの。その駒が何だったか。ほかの男たちと同じように、ザラもカミラに魅了されたんだ、って」

「夜の訪問は、カミラに会うためだったわけか」

「毎回カミラを居間に連れ出してた。当時は聞き耳を立てても、わたしや母を陥れる計画を立ててるようにしか聞こえなかった。でも、本当はそれ以外の音も聞こえてたのかもしれない。当時はそれが何の音なのかわからなかっただけで。車で出かけていくこともよくあった」

「娘に手を出してたんだな」

「そうやってカミラをめちゃくちゃにした」

「きみが自分を責めることはないよ」とミカエルは言った。

リスベットは叫びだしたい衝動にかられた。が、こう言った。

「わたしはあなたの質問に答えただけ。わたしも母も、カミラを助ける努力をいっさいしなかった。そのことに気づいて、それで躊躇した」

ミカエルはベッドの上で、リスベットの向かいに座ったまま、じっと黙っていた。いま聞いた話を消化しようとしているように見えた。それから、彼女の肩に手を置いた。リスベットはその手を払いのけ、窓の外に目を向けた。

「ぼくの考えを話してもいいかな」ミカエルが言う。

リスベットは答えなかった。

「きみは簡単に人を撃ち殺す人間じゃない。単にそういうことだと思う」

「ばかばかしい」

「それがぼくの考えだよ、リスベット。前からずっとそう思ってた」

リスベットは朝食のトレイからクロワッサンを取り、ぼそりとつぶやいた。ミカエルに向けた言葉というより、むしろひとりごとのようだった。

「でもやっぱり、あのときに殺すべきだった。いまやわたしたちみんなカミラの標的だもの」

第二十章

八月二十七日

ヤン・ブブランスキーは、未開封のまま何年も自宅でほこりをかぶっていた十二年物のグランツをひと瓶持参した。当然、主義には反するが、証人がウィスキーを所望した以上、細かいことを言うつもりはない。きのうからずっと、ニマ・リタが死んだ件の捜査に集中し、最後に生前の彼に会ったとみられる目撃者の捜索に全力を尽くしてきた。そしてようやく住所が判明し、いまこうして、ハーニンゲのクロッカル通りにある黄色い建物、狭い賃貸アパートに来ているというわけだ。

男の部屋は、ブブランスキーが目にしてきた中でもっともみじめなアパートというわけではないにせよ、最高とも言いがたかった。悪臭が漂い、酒瓶や灰皿や残飯がそこらじゅうに散乱している。が、目撃者本人には、どこかボヘミアン的な優雅さがあった。白いシャツを身につけ、パリジャンのようなベレー帽をかぶっている。

「どうも、ヤルヴィネンさん」ブブランスキーが声をかけた。

「警部」

「これでいいかな?」

瓶を掲げてみせると、微笑みが返ってきた。ふたりはキッチンの青い木の椅子に腰を下ろした。

「八月十五日未明、あなたはある男に会った。そうだね? その後の調べで、ニマ・リタという名だと判明した男だが」

「ああ……確かに……まったく頭のおかしな男だったよ。あの日はどうも調子が悪くて、いつもノーラ・バーントリエット広場で酒を売ってる男が来るのを待ってたんだ。すると、その物乞い野郎がよろめきながら現われた。まっすぐ歩けてもいなくてな。そんなやつに話しかけたのが間違いだったよ。頭がいかれてるのは遠目にもわかった。でもな、おれは元来話し好きなんだ。だからまあ、ていねいに、控えめに、調子はどうだと声をかけたわけだ。そしたらあいつ、大声で叫び出した」

「何語だった?」

「英語とスウェーデン語」

「スウェーデン語もできたのか」

「できたというか、まあ、単語はいくつか口にしてたよ。何を言ってるのかさっぱりだったが。雲の上で神々と戦ったことがあるとか、死人と話したことがあるとか何とか」

「それがエベレストの話だった可能性はないか？」

「そりゃあるだろうが、ろくに聞いちゃいなかったからなあ。とにかくいらいらしてたし、たわごとにつきあってる余裕なんかなかった」

「じゃあ、具体的に何を言っていたかは思い出せない？」

「おおぜいの命を救ったって言ってたな。アイ・セイヴド・メニー・ライヴズ、そう言って、指のなくなった手を見せてきた」

「フォシェル国防相のことは何か言っていたか？」

ヘイッキ・ヤルヴィネンは驚いた顔でブブランスキーを見つめると、ウィスキーをグラスに注ぎ、震える手で一気に飲み干した。

「不思議なこともあるもんだ」

「不思議なこと？」

「あいつがフォシェルの名前を口にしたような気はしてたんだよ。まあ、そう不思議でもないか。最近はみんなフォシェルの話をしてるからな」

「具体的には何と言っていた？」

「フォシェルと知り合いだって言ってたと思う。ほかにもありとあらゆる重要人物を知ってるって話だった。そんなの真（ま）に受けるやついないだろ。あんまりしつこく話しつづけるもんだから、そのうち我慢できなくなって、ついつい、ちょいと馬鹿なことを言っちまった」

「馬鹿なこと？」

「いや、あのな……差別するつもりはなかったんだよ。それにしても、あんなことを言ったのは間違いだったかもしれない。何だよ、中国人めが、チンチョンチャン、って言ったんだ。そしたらあいつ、いきなり逆上して殴りかかってきた。まったくの不意打ちで、おれはやられっぱなしだった。ボコボコにやられたよ。信じられるか？」

「恐ろしかっただろうということはわかるな」

「だらだら血が出た」ヤルヴィネンは興奮して続けた。「まだ傷が残ってる。ほら」

ヤルヴィネンが自分の唇（くちびる）を指さす。そこには確かに傷があった。とはいえ、体じゅうが傷や青あざだらけだったので、ブブランスキーはとくに強い印象を受けなかった。

「それからどうなった？」

「あいつは急に離れていって、その直後、とんでもないツキに恵まれた。いや、ツイてたとは言えないか、次の日に死んじまったんだから。けど、そのときはそう思った。ヴァーサ通りに出たところで売人に出くわしたんだよ」

ブブランスキーはテーブルの上に身を乗り出した。

「酒の売人か？」

「ほら、あそこ、ホテルがあるだろう。あの前の歩道で、男があいつに声をかけたんだ。それで、酒瓶を渡したように見えた。まあ、かなり距離があったから、見間違いかもしれないけどな」

「その男の特徴は？」

「売人？」

「ああ」

「そう言われてもな。痩せてて、髪の色は濃くて、背が高かった。黒い上着にジーンズで、野球帽をかぶってた。顔は見えなかった」

「本人も酒浸りのように見えたか？」

「いや、違うと思う。そういう歩き方はしてなかった」

「そういう歩き方？」

「身軽だったし、足も速かったからな」

「つまり、体を鍛えているようだった、と」

「かもな」

ブブランスキーはしばらく黙ってヤルヴィネンを観察した。底の見えない堕落のさなかにありながら、それでもなんとかうわべを取り繕っている男、という印象だ。この男にはまだ、闘志のようなものがある。

「その売人がどちらへ行ったかは見えたか？」

「中央駅のほうだな。追いかけるかどうか、しばらく迷ったんだ。けど、とてもじゃないが追いつけなかった」

「じゃあ、そいつは酒を売るのが目的じゃなかったのかもしれないな？　ニマ・リタにその瓶を渡したかっただけという可能性もある」

「ということは、つまり……？」

「いや、ここで結論を出すつもりはない。だが、ニマ・リタの死因は毒物だったんだ。彼の暮らしぶりを考えると、酒瓶に毒を入れられたとしても不思議ではない。そんなわけだから、その男がひじょうに興味深いのはわかるな？」

ヘイッキ・ヤルヴィネンはウィスキーをさらに一杯飲み、口を開いた。

「そういうことなら、これも言っておいたほうがよさそうだな」

「何だ？」

「あいつ、前にも毒殺されそうになったことがあるって言ってた」

「どういうことだ？」

「いやあ……それも意味不明でな。自分がどれだけすごいことをやったか、どんなにすごい人たちと知り合いか、延々とわめき散らしてたから。だけど、精神科に入院してて、薬を飲むのを拒否した、みたいなことも言ってたんだ。英語で『あいつら、おれを毒殺しようとした』って叫んでた。『けど、おれ、走って逃げた。山を下りて、湖に行った』。たぶんそう言ってたと思う。医者から逃げた、って」

「山を下りて、湖に行った？」

「たぶんな」

「入院していたというその病院は、スウェーデンの病院のようだった？　それとも、外国だろうか」

「スウェーデンだと思うよ。そのへんにあるみたいに、すぐ後ろを指さしてたから。いや、でも、始終あちこちを指さしてたからなあ。神々と戦ったっていう雲の上の世界も、すぐそこの曲がり角にあるみたいに」

「なるほど」とブブランスキーは言った。できるだけ早くここを去ろうと思った。

リスベットはホテルの部屋の机に向かい、総長のマルコ・サンドストレムを含むスヴァーヴェルシェー・オートバイクラブの連中が、ストランド通りのマンションから立ち去ったのを確認した。どう対処しようかと考える。結論は出なかった。

パソコンを閉じると、ミカエルが着替えてベッドに座り、携帯電話で何か読んでいるのが目に入った。放っておいたほうがよさそうだ、とリスベットは思った。またこれまでの人生について訊かれてはたまらないし、ましてやさっきのように、きみは本当は心根のやさしい人間なのだ、などと決めつけられるのも我慢ならない。

それでも、口を開いた。

「何してるの？」

「え？」

「何をやってるのって訊いたんだけど」

「シェルパの件を調べてる」

「何かわかった？」

「いまはこのスタン・エンゲルマンに注目してるところだ」

「あのナイスガイ」

「まったくだ。きみの好みのタイプだな」

「あと、マッツ・サビーンってのもいるでしょ」

「ああ、そういえば」

「そいつのことはどう考えてる？」

「まだそこまでたどり着けてない」

「サビーンのことは忘れていいと思う」

　ミカエルは興味を惹（ひ）かれて顔を上げた。

「どうしてそう思うんだ？」

「いくつかの面でつじつまが合うもんだから、思わず興奮してしまうことってあるけど、今回はただの偶然だと思う」

「どうして？」

　リスベットは立ち上がって窓辺へ向かうと、カーテンのすきまからルントマーカル通りを見下ろし、カミラとスヴァーヴェルシェー・オートバイクラブについて考えをめぐらせた。ふと、あることを思いついた。やはりあの連中に圧力をかけてやろうか、と考える。

「どうして？」ミカエルがまた尋ねる。

「そいつの名前、ずいぶん早い段階で出てきたでしょう。違う？　例の物乞いが何と言ったのか、正確なところもわかってないのに」

「確かにそうだな」

「それより、歴史をさかのぼったほうがいい。植民地時代まで」

「どういうことだ？」

「エベレストっていう存在自体、植民地支配の名残みたいなものじゃない？　登山者はみんな白人で、肌の色の違う人たちがその荷物を運ぶ」

「うん、確かにそうかもしれない」

「それを念頭に置いて、ニマ・リタの言葉遣いに注目するといいと思う」

「たまにはわかりやすく説明してくれてもいいんじゃないか？」


ミカエルはベッドに座ったまま返事を待ったが、やがてリスベットがまた、今朝肘掛け椅子に座っていたときと同じようにぼんやりしていることに気づき、この調子なら自分で調べたほうがよさそうだと感じた。そして、荷物をまとめはじめた。いまは仕事にかかったほうがいいだろう。リスベットにはまたあとで会えばいい。自分のパソコンをバッグに入れて立ち上がり、別れの抱擁でもして気をつけろと言ってみようかと考えた。ところが近寄っても反応がない。

「こちら地球、リスベット、応答願う」と言ってみたが、自分でもばかばかしくなってきた。が、それでようやくリスベットのまなざしの靄（もや）が晴れ、彼女はミカエルのバッグに目を向けた。

まるで、バッグが彼女に何か告げたかのように。

「帰っちゃだめ」

「じゃあ、どこか別のところに行くよ」

「わたしは本気で言ってるの。家に帰るのも、あなたとつながりのあるほかの人のところに行くのもだめ。見張られてるんだから」

「自分の身ぐらい自分で守れる」

「守れてない。携帯貸して」

「やめてくれよ。もういいだろ」

「貸しなさい」

ぼくの携帯ならもう充分いじっただろう、とミカエルは思い、携帯電話をポケットに入れようとした。ところがリスベットに奪い取られた。堪忍袋の緒が切れそうになったが、怒ったところでどうにもならない。リスベットはすでにプログラムのコードをまた操作しはじめていて、ミカエルは彼女の好きにさせておくことにした。これまでだってずっと、リスベットにはパソコンを好きなようにいじられてきたのだし。だが、そのうち飽きてきて、ミカエルは機嫌の悪い声で言った。

「きみ、いったいどういうつもりだ？」

するとリスベットが顔を上げた。微笑のような表情が浮かんでいる。

「いまの、良かった」

「何が？」

「いまの言葉」

「言葉？」

「『きみ、いったいどういうつもりだ』。それ、複数形で言ってくれない？　さっきと同じ口調で」

「何を言いだすんだ？」

「いいから、言って」

リスベットはミカエルの携帯電話を差し出した。

「何だよ？」

「おまえら、いったいどういうつもりだ」

「おまえら、いったいどういうつもりだ」とミカエルは繰り返した。

「よし、完璧」

リスベットはさらに少し電話をいじってから、ミカエルに返した。

「何をした？」

「これで、わたしはあなたの居場所を把握できるし、まわりの音も聞こえるようになった」

「はあ？　冗談はよしてくれ！」

「冗談じゃない」

「じゃあ、ぼくにプライバシーはいっさいないのか」

「プライベートな時間は好きに過ごしてくれていい。よけいなことまで聴くつもりはない。さっきの言葉さえ言わなければ」

「じゃあ、いままでどおり、きみの悪口を言ってもいいわけだ」

「えっ？」

「いまのは冗談だよ、リスベット」

「そう」

ミカエルは微笑んだ。

リスベットも、微笑みのようなそうでないような、微妙な表情を浮かべた。ミカエルは携帯電話を受け取ると、あらためてリスベットを見つめ、「ありがとう」と言った。

「人目を引かないよう気をつけて」

「そうするよ」

「それじゃ」

「ぼくが有名人じゃなくてよかったな」

「えっ？」

皮肉をこめて放ったその冗談もリスベットには通じず、ミカエルはやっと彼女を抱擁した。外に出て、都会の雑踏にまぎれようとした。が、うまくいかなかった。テグネール通りに出たところで早くも、いっしょに写真を撮らせてくれと若い男に頼まれた。そのままスヴェア通りへ向かう。身を隠しておかなければならないのだろうが、それでもミカエルは市立図書館のそばでベンチに座り、またもや携帯電話でニマ・リタについて検索しはじめた。そして、二〇〇八年八月の『アウトサイド』誌に掲載された長い記事に目を奪われた。


ニマ・リタがこれほど詳しく話をしている記事はほかになかった。とはいえ、引用された発言そのものは、一読しただけで気持ちの高ぶる内容ではない。すでにどこかで読んだ気のする、クララ・エンゲルマンについての義務的とも悲しげとも取れるコメントだった。

それでも、やがてミカエルははっとした。初めはなぜだかわからなかった。が、彼の目を引いたのは、絶望のにじんだ簡潔な文章だった。

　彼女を助けようとはしたのです。本当に。でも、マムサヒブは倒れてしまい、それから嵐が来た。山が怒っていて、われわれは彼女を救えなかった。マムサヒブにはとても、とても申しわけなかったと思っています。

マムサヒブ。

これだ。マムサヒブ。メムサヒブと表記されることもあるらしい。インドがイギリスの植民地だった時代に、白人を指して使われていた言葉、サヒブの女性形だ。なぜいままで気づかなかったのだろう？　これまでの調査で、多くのシェルパが西洋人の登山客をそう呼んでいるのを、何度も目にしていたのに。

〝おれ、フォシェルを連れていった。マムサヒブを残していった〟

ニマ・リタはそう言ったにちがいなく、クララ・エンゲルマンのことを言っていたのだと考えるのが自然だろう。だが、どういう意味だろう？　ニマ・リタがクララ・エンゲルマンの代わりにヨハネス・フォシェルを救った？　だが、それでは事の経緯と一致しない。

クララとヨハネスはそれぞれエベレストの別の場所にいて、ヨハネスが苦境に陥ったとき、クララはすでに死んでいたはずだ。が、しかし……何か、隠さなければならない深刻な出来事が、あの山の上で起きたのだろうか？　ありえなくはない。が、まったくの見当違いという可能性もある。いずれにせよ、生きている実感がふつふつと湧いてきて、これで休暇は完全に終わった、と思った。この件を徹底的に探らなければ、という思いが強まる。だが、ミカエルは何よりもまず、リスベットにメッセージを送った。

まったく、どうしていつもいつも、そこまで頭がまわるんだ??

第二十一章

八月二十七日

パウリーナ・ミュラーは、ミュンヘンのボーゲンハウゼン地区にある実家で、懐かしい自室のベッドに座り、パジャマ姿のまま電話で話しながらホットココアを飲んでいる。母親が何くれとなく、まるで十歳の子どもにするように世話を焼いてくれたのが、意外に悪くないと感じている。

ただの子どもに戻りたい。あらゆる責任から逃れて、思いきり泣きたい。それに、自分の予想は間違っていた。両親はトーマスの本性を理解してくれた。夫にされたことを話したとき、両親の目には疑念のかけらも見られなかった。だが、いまはひとりにしておいてと叫び、部屋に閉じこもっている。

「では、その女が誰なのかについては、まったく心当たりがないわけですね？」電話の相手、ウルリケ・イェンセン警部補が尋ねてくる。こちらの言うことをまったく信じていない口調だが、まあ当然の反応だろう。

パウリーナは、アイロンの女の正体をすぐに察しただけではない。そこに含まれた凶暴な論理をも感じ取り、それはある意味自分が後押ししたことなのだと理解して、心底恐ろしくなった。帰ってくる道すがら、何度言っただろう――〝あの男にはもう二度と会いたくない。無理よ。死んだほうがまし〟

「はい」とパウリーナは答えた。「わたしの知り合いではないと思います」

「トーマスは、あなたが最近女性と恋に落ちたと言っていました」とウルリケ・イェンセンは続けた。

「あれは彼へのいやがらせのつもりで書いただけです」

「そうは言っても、犯人は気持ちの上であなたと結びついているように思えます。あなたのことを何より伝えたかったのだろう、という気すらします。トーマスはもう二度とあなたを煩わせないと誓わされたわけですし」

「不思議なことですね」

「そんなに不思議かしら？　近所の人たちから、あなたが姿を消す前の数日間、腕に包帯を巻いていたと聞きました。アイロンで火傷をしたと言ったそうですね」

「そのとおりです」

「でも、みんながその話を信じたわけじゃないんですよ、パウリーナ。あなたたちの部屋から悲鳴が聞こえたそうです。悲鳴と、言い争う声が」

パウリーナは答える前に一瞬躊躇(ちゅうちょ)した。

「そうなんですか？」

「つまり、本当はトーマスがあなたに火傷を負わせたのではありませんか？」

「そうかもしれません」

「だとしたら、今回の件が復讐だったのではないかと私たちが疑っているのは、おわかりいただけますよね。あなたと親しい人間のしわざではないか、と」

「どうかしら」

「わかりませんか」

聴取はそんなふうにしばらく続き、堂々めぐりを繰り返していたが、やがてウルリケ・イェンセンが急に口調を変え、こう言った。

「ちなみに言っておくと……」

「何でしょうか」

「トーマスのことを心配する必要はないと思いますよ」

「どういう意味ですか？」

「犯人の女におびえているようだから。もうあなたに近づくことはないでしょうね」

パウリーナはまた躊躇したが、やがて言った。

「ご用件はほかにあるんでしょうか」

「いいえ、いまのところは」

「じゃあ、お礼を言わせてください」

「誰にですか？」

「誰にかしら」そう言ってから、聞こえのよさそうなひとことを付け加えた。「トーマスの早い回復を願っています」

とはいえ、それも本心からはほど遠く、パウリーナは電話を切ってもベッドに座ったまま、いまの通話で知らされた情報をしばらく反芻していた。すると、また電話が鳴った。ステファニー・エルドマンという名の離婚弁護士からで、パウリーナも新聞で目にしたことのある人物だ。あなたの弁護をしたい、費用については心配いらない、その点はもう解決している、という話だった。

ソーニャ・ムーディグは警察署の廊下で顔を合わせるなり首を横に振った。県内の病院を管轄する県庁の登録簿にも、ニマ・リタの名はなかったということなのだろう。まあ、閲覧する権限は得たわけで、それだけでもちょっとした勝利ではある。障壁はほかにいくらでもあるのだ。軍情報局とのやりとりはこれまでのところ一方通行で、ブブランスキーは苛立ち(いらだ)をつのらせていた。彼はソーニャを見つめ、思案顔で言った。

「容疑者が浮かんだかもしれない」

「そうなんですか？」

「しかし名前は不明だ。人相もろくにわからない」

「それで容疑者と呼べるんでしょうか」

「なら、手がかりとでも呼ぶか」

ブブランスキーは、ヘイッキ・ヤルヴィネンが八月十五日土曜日の午前一時から二時のあいだに、ノーラ・バーントリエット広場である男を見かけたこと、その男がニマ・リタに密売品であろう酒瓶を渡したとみられることを話した。

ソーニャがメモを取り、ふたりはブブランスキーのオフィスへ行くと、そこで向かい合わせに腰かけた。そしてしばらく黙りこくっていた。ブブランスキーは身をよじらせた。意識の奥底で何かがくすぶっている気がするのだ。

「つまり、ニマ・リタがスウェーデンの医療機関と接触した形跡はひとつも見つからなかった、と」

「ええ、いまのところは」とソーニャは答えた。「でも、まだあきらめません。別の名前で登録された可能性もありますよね？　身体的特徴を手がかりに範囲を広げて調べる許可を、裁判所に申請しているところです」

「ストックホルムで目撃されはじめたのがいつごろかはわかっているのか？」

「人の時間の感覚はあまり信用できないものですが、入ってきた情報を見たかぎりでは、あの界隈（かいわい）にいたのは約二週間程度のようです」

「ストックホルムの別の地区や、別の街から来たのかもしれないぞ」

「そうは思えないんですよね。ただの直感ですけど」

ブブランスキーは椅子に背をあずけ、窓の外のベリィ通りに目を向けた。そして突如、意識の底にあったものの正体に気づいた。

「セードラ・フリューゲルンだ」

「え？」

「セードラ・フリューゲルン精神科病院の閉鎖病棟。そこに入院していたんじゃないだろうか」

「なぜそう思われるんですか？」

「そう考えるとつじつまが合うからだよ」

「どういうふうに？」

「隠しておきたい人間を入れるのにぴったりの場所だ。あそこは、県が運営する通常の病院ではない。独立した財団法人で、しかも軍と協力関係にあることが昔から知られている。ほら、アンデションを覚えているか？　国連軍の兵士としてコンゴにいた男で、精神を病み、街中で無差別に人を襲った。そのアンデションも、セードラ・フリューゲルンに入院していた」

「覚えています」とソーニャは言った。「でも、それだけでは、あまり根拠のない当て推量のように思えます」

「いいことを教えてやろう。まだ話は終わっていないんだ」

「ではお続けください、警部」

「ヤルヴィネンによれば、ニマは山を下りて湖へ逃げたと言ったらしい。これもつじつまが合うだろう。セードラ・フリューゲルンはオシュタ湾に面した崖の上に建っている。なかなかドラマチックな立地だ。それにマリアトリエット広場からもさほど遠くない」

「確かにそうですね」

「まったくの見当違いという可能性もあるが」

「でも、すぐに調べます」

「よし。しかしな……」

「何ですか？」

「ニマ・リタがスウェーデンに来た経緯については、これでもまだ説明がつかない。パスポート審査を通過したのに、名前が残っていないとは」

「そうですね。でも、よい取っかかりではあります」

「レベッカ・フォシェルと話をするのも、よい取っかかりになるだろうが、そちらは許可が下りていない」

「そうなんですが」ソーニャは何か考えがあるような表情で上司を見た。

「何だ？」

「ニマ・リタとクララ・エンゲルマンを知っていた女性がもうひとり、この街にいるはずです」

「誰だ？」

ソーニャは説明した。

カトリン・リンドースはヨート通りを歩きながら、またミカエルに電話をかけてみた。

話し中になることはときどきあるのに、今回もまた応答はなく、彼女は悪態をついた。なぜ彼のことがこんなに気になるのだろう？　考えなければいけない大事なことは、ほかにいくらでもあるのに。ついさきほど、ポッドキャストの収録を終えた。アリシア・フランケル文化相、ジャーナリズムを専門とするヨルゲン・ヴリーグスタ教授と、ヨハネス・フォシェル関連の過熱報道をテーマに話し合った。が、それで気分が晴れることはなかった。収録のあとはたいていそうだが、精神的に不安定になっている。

毎回、何かの発言や質問があとあとまで胸の中でうずくのだ。今回は攻撃的すぎたかもしれない。自分が批判しているメディアと同じように、一方的な物言いをしてしまったのではないか。多面的な報道を求めながら、自分はそれができていないのではないか。とはいえ、自己批判に走りがちなのはいつものことだ。フォシェルへのバッシングに動揺している自覚もある。もしかすると、これはフォシェルの問題である以上に、彼女自身の問題でもあるのかもしれない。

憎しみや嘘に、現実を歪めてめちゃくちゃに破壊する力があることは、いやというほどよく知っている。自殺しようと思ったことはないが、それでもときおり足場を見失い、思春期の若者のごとく前腕に傷をつけてみることはある。今日は夜明けに目が覚め、収録の準備を始めたときから、一日ずっといやな気分が続いていた。過去の暗い何かがよみがえりつつある、そんな気がする。だが、カトリンはそんな思いを振り払った。ヨート通りには人があふれ、目の前の歩道では保育園児の集団が風船で遊んで騒いでいる。カトリンは道を曲がってボンデ通りに入り、ニィトリエット広場へ向かった。ようやく少し息がつけた。

ニィトリエット広場は、セーデルマルム地区の中でもとくに瀟洒なエリアとされている。エリート気取りのマスコミ業界人と結びつけられ、悪しざまに言われることもある場所だが、カトリンはこの界隈にいると安心感を覚える。やっと自分の家を見つけた、という気持ちと、ここは自分の家ではない、という感覚が共存している。ここに住むため、かなりの借金をしていることは事実だ。が、番組がこれほどヒットしたおかげで――いまやスウェーデン最大のメディア系ポッドキャストなのだ――不安はあまりなくなった。それに、このマンションはいつ売ってもいいのだ。そうして郊外に引っ越したっていい。突然すべてを奪われる可能性があるというのは、彼女にとって当たり前のことだった。

カトリンは足を速めた。背後に足音が聞こえると思うのだが、気のせいだろうか？　そうだ、ただの思い込みにちがいない。昔のトラウマのせいだ。それでも、なるべく早く家にたどり着きたい。世界のことなど忘れて、恋愛コメディー映画か何か、自分の人生とは関係のないことに没頭するのだ。

ミカエルはエステルマルム地区にあるマンションのバルコニーに座り、ソーニャ・ムーディグに教えてもらった女性をインタビューしている。王立図書館から直接ここに来たのだ。今日は一日じゅう図書館で資料を読んだおかげで、どういう順序で何が起きたのか、だんだんわかってきた。いや、むしろ、何が不明のままで、何を調べなければいけないかがわかってきた、と言うべきか。

そこでユングフルー通りのエリン宅を訪ねたというわけだ。エリンは現在三十九歳、結婚してフェルケという姓になっている。すっきりした顔立ちと針のように細い体型をした、やや厳格な印象を与えるエレガントな女性だ。が、二〇〇八年にはマルムゴードという名字で、フィットネス界の有名人だった。『アフトンブラーデット』紙に、読者からの質問に答えるコーナーを持っていたほどだ。そして、アメリカ人グレッグ・ドルソンのエベレスト登山隊に参加していた。

ドルソンの隊も、ヴィクトル・グランキンの隊と同じ五月十三日に頂上をめざした。ベースキャンプでの高度順応中も、互いのすぐそばで過ごしていた。エリンはそこで、同じスウェーデン人であるフォシェルやスヴァンテ・リンドベリと親しくなったほか、クララ・エンゲルマンとも友人になった。

「インタビューを受けてくださってありがとうございます」とミカエルは言った。

「どういたしまして。でも、おわかりいただけると思いますが、その話にはもう飽き飽きなんです。二百回近くも講演したものですから」

「それは、かなりの収入になったでしょうね」

「思い出してください、当時は金融危機の時代でもあったでしょう。いつもに比べたら寂しいものでしたよ」

「それはお気の毒に。でも、クララ・エンゲルマンのことを話していただけませんか。彼女とグランキンが恋愛関係にあったのは知っていますから、そこをごまかす必要はありません」

「わたしの名前は出るのかしら？」

「いやなら出しません。ぼくは何より、事実関係を理解したいんです」

「わかりました。ええ、確かにあのふたりはつきあっていました。でも、誰にも知られないようこっそり、うまくやっていましたよ。ベースキャンプでも、知っている人は少なかった」

「でも、あなたはご存じだった？」

「クララが話してくれたので」

「クララがヴィクトル・グランキンの登山隊にいたというのは、ちょっと不思議じゃありませんか？　彼女には財力も人脈もあったのだし、アメリカの登山隊を選ぶほうが自然じゃないでしょうか。たとえば、ドルソンの隊とか。そっちのほうが評判はよかったんですよね？」

「グランキンも評判はよかったんですよ。でも、彼とスタン・エンゲルマンのあいだに、何かつながりがあったみたいで。どういうつながりか知らないけれど、ふたりは知り合いだったようですから」

「それなのに、グランキンはスタン・エンゲルマンの妻に手を出したわけですか」

「ええ、ひと目惚れだったんでしょうね」

「ベースキャンプでは最初、クララ・エンゲルマンは不幸せそうだった。あなたがそうおっしゃっているのを読みました」

「それは違います」とエリンは答えた。「最初は、なんて高慢ちきな女だろうと思ったわ。でもしばらくして、彼女は不幸せなんだと気づきました。エベレスト登頂は彼女にとって、自分を解放するための企てだった。これをなしとげれば離婚する勇気も出るだろうと期待していたんです。ある晩、クララのテントでワインを飲んだときに、彼女は弁護士を雇ったと言っていました」

「チャールズ・メスタートンですね？」

「確かに、そういう名前だったかもしれません。覚えていませんが。それに加えて、出版社にも連絡を取ったという話でした。エベレスト登頂のことに加えて、スタンが売春婦やポルノ女優と浮気していたこと、裏社会にさまざまな人脈があることについても書きたい、って」

「では、スタン・エンゲルマンは妻に脅(おびや)かされていると感じていたことでしょうね」

「それは考えにくいと思いますよ」

「どうしてですか？」

「クララが弁護士を一人雇ったところで、彼のほうはざっと二十人ほど揃えられるわけですから。それに、クララのほうがびくびくしていました。『きっとあの人につぶされて終わるわ、わたし』と言ってね」

「だがその後、事情が変わった」

「わたしたちみんなのヒーローが彼女にモーションをかけた」

「グランキンが」

「ええ」

「どうやって」

「わたしが知るわけないでしょう。でも、ヴィクトルには人を惹きつける魅力がありました。雑事を前にしても、何かの問題に直面しても、彼はいつも晴れやかで穏やかな空気を放っていた。彼の姿を見るだけで、ああ、ヴィクトルがなんとかしてくれる、と思えるんです。包み込むような温かい包容力があって、心配事はすべて明るく笑いとばす人だった。うちの隊長が彼ならよかったのにって思ったのを覚えています」

「で、クララは彼に惚れた」

「夢中でした」

「それはなぜだと思われますか？」

「あとになってから、スタンとのことが関係していたのかもしれないと思いました。ヴィクトルといっしょなら、夫との対決にも勝てると思ったのかも。ヴィクトルは銃弾が飛び交う中でも堂々と立って、微笑んでいそうな人でしたから」

「でもその後、また何かが変わりましたね」

「ええ」

「話してください」

「そんなヴィクトルまでもが、不安げな目をするようになったんです。それでわたしたちはみんな浮足立った。ほら、飛行機に乗っているときに、落ち着きはらった客室乗務員が急に不安そうになったら、あなたも飛行機が墜落するんじゃないかと心配になるでしょう」

「何があったんでしょうか」

「見当もつきません。ひょっとすると、不倫がばれるのが心配になったのかも。スタンを甘く見てはいけない、これは大変なことになる、と気づいたんじゃないでしょうか。だって、正直……」

「何ですか？」

「まったくそのとおりでしょう。あのころのわたしはまだ若かったから、ふたりの恋をロマンチックでスリルたっぷりとしか思っていなかった。世界のトップシークレットを教えてもらったような気分でした。でも、いまこうして振り返ってみると、無責任きわまりない話ですよ。ヴィクトルの奥さんやスタンに対して無責任という意味ではなくて、登山隊のメンバーに対してね。ヴィクトルは登山隊メンバー全員の面倒をみる立場にありました。誰かひとりを特別扱いしてはいけなかったんです。クララに執着したことで、ヴィクトルはほかのみんなを裏切った。あんな結果になってしまった理由のひとつはそれだと思います。ヴィクトルはとにかくクララを頂上まで連れていこうとした。どんな犠牲を払ってでも」

「下山させるべきだったんですよね」

「もちろんそうですよ。でも、その決断を下すのが耐えがたかったんだと思います。クララには広告塔として大きな価値があったから、というだけではありません。ヴィクトルはクララに対するマスコミのバッシングに憤っていました。彼女が登頂を果たせることを世界に知らしめたかったんでしょう」

「第四キャンプからの山頂アタックのとき、グランキンはいつもの彼ではなかった、という情報がありますが」

「わたしもそれは聞きました。グループをまとめるのに疲れきっていたのかも」

「グランキンとニマ・リタの仲は？」

「ヴィクトルはニマを心の底から尊敬していました」

「では、クララとニマの関係は？」

「そちらは……特殊でしたね」

「どういうふうに？」

「あのふたりは、同じ惑星の住人ではないみたいでした」

「クララは彼に失礼な扱いをしたんでしょうか」

「ニマはとても迷信深い人でしたし」

「それでクララが失礼なことを言った？」

「言ったかもしれませんね。でも、ニマはべつに気にしていなかったと思いますよ。あの人はひたすら、自分の仕事に集中していました。あのふたりの関係を壊したのは、まったく別の出来事です」

「どんな出来事ですか？」

「ニマには奥さんがいました」

「ルナですね」

「そう、ルナという名前でしたね。あの人はニマのすべてでした。彼自身は何を言われても平気だったと思います。空気やゴミみたいに扱われても気にしなかった。でも、奥さんのことを少しでも悪く言われると、一気に目つきが険しくなる人でした。ある日の朝、ルナが焼きたてのパンやチーズ、マンゴー、ライチやなんかを装飾の美しい籠に入れて、ベースキャンプまで持ってきてくれました。テントをまわってそれを配ったので、みんな顔を輝かせてお礼を言いました。ところが、クララのテントのそばで、彼女は何かにつまずいてしまった。アイゼンだったか、あるいは、あんなところでは絶対に必要のない、ハンドバッグか何かだったかもしれません。籠の中身が全部、砂利の上に散乱して、ルナは両手に擦り傷を作りました。まあ確かに、べつに騒ぐほどの一大事ではなかったのかもしれません。でも、クララはすぐそばに座っていたのに、助けようともしなかったんです。『気をつけなさいよ』と吐き捨てただけで、気難しい女王様よろしく、愚かで傲慢な態度だった。それで、ニマの堪忍袋の緒は切れかかっていました。顔の表情にも出ていたし、本気で逆上するんじゃないかと心配になったわ。でも、そうなる前に、ヨハネス・フォシェルが駆けつけてルナを助け起こし、パンや果物を拾い集めてくれました」

「じゃあ、ヨハネス・フォシェルはニマやルナと親しくしていたんですね？」

「あの人はみんなと親しくしていましたよ。会ったことあります？　これほど世間から嫌われてしまう前に」

「国防大臣に就任した直後にインタビューしたことがあります」

「じゃあ、わからないでしょうね。あの当時、彼はみんなに愛されていました。いつも溌剌としていて、笑顔で、相手に駆け寄っては両手の親指を立ててみせるような人だった。でも、確かに、ニマとはとくに仲がよかったかもしれません。いつも『山の伝説に敬意を』とか何とか言って彼に頭を下げていたし、奥さんについても事あるごとに『なんて素晴らしい奥さんなんだ！　本当に美しい』といった調子でね。ニマはもちろん大喜びでした」

「ニマはその恩返しをしたんだろうか」

「どういう意味ですか？」

ミカエルはどう説明するか迷った。何の根拠もなしに罪をなすりつけるようなことはしたくない。

「ひょっとすると、ニマはエベレストで、クララ・エンゲルマンを見捨ててヨハネス・フォシェルを助けたんじゃないか、と考えていまして」

エリンは驚きととまどいの表情を向けてきた。

「事実に照らし合わせると、それはないんじゃないかしら」と彼女は言った。「ニマはヴィクトルやクララといっしょにいたんですよ。そうでしょう？　で、スヴァンテとヨハネスがふたりだけで離脱して、先に頂上をめざしたんです」

「わかっています。でも、そのあと。いったい何が起きたんでしょう？　どの記事にも、クララは救助のしようがなかったとしか書かれていない。本当にそうだったんでしょうか」ミカエルがそう言った瞬間、思いもよらないことが起きた。

エリンが怒りを爆発させたのだ。

「そうに決まってるじゃない」と彼女は怒鳴った。「もううんざりよ。馬鹿ばっかり。あの山に近寄ったことすらないくせに、自分は何もかもわかってると思い込んで。言わせてもらうけど……」

しばらくは怒りのあまり、その先が出てこないようだった。

「あの山の上がどんなだか、あなた少しでも知っているんですか？　耐えがたいほど寒くて、つらくて、何かを考える気力もろくに湧かない。運がよければ、自分ひとりを救うことぐらいはできるかもしれない。一歩ずつ、とにかく一歩ずつ前に進むことぐらいは。どんな人も、ニマ・リタのような伝説の人物であっても、標高八千三百メートルの雪の中で動かなくなって、顔が凍りついてしまったような人を、運んで下山させることはできない。クララはそういう状態だった。わたしたちも下山するとき、この目で見たのよ。知っているでしょう？　クララとヴィクトルが抱き合って雪の中に倒れていた、って」

「ええ」

「もうどうしようもなかったんです。クララが助かる見込みはゼロだった。もう亡くなっていたんだから」

「ぼくはただ、あらゆる可能性について検討しているだけです」

「嘘よ。遠まわしに何か言おうとした。違います？　あなたも世間の人たちと同じね。フォシェルを陥れようとしている」

そんなことはない、とミカエルは叫びたくなった。そ、そんなことはない！　だが、代わりに深呼吸をひとつした。

「すみません、謝ります。ただ……」

「何よ」

「この話はどこか腑に落ちないという気がしていて」

「どこかって、たとえば？」

「たとえば、のちに発見されたとき、クララの死体はヴィクトルの死体のそばにはなかった。翌年まで発見されなかったのは知っています。そのあいだにいろいろなことが起きた可能性はある。雪崩とか、猛吹雪とか。それでも……」

「それでも？」

「スヴァンテ・リンドベリの証言も気になります。彼は真実のすべてを話していないという印象を受けました」

エリンは落ち着きを取り戻し、マンションの中庭を見下ろした。

「それは、まあ、わからなくもありません」

「どうしてですか？」

「スヴァンテは、ベースキャンプ最大の謎だったから」

第二十二章

八月二十七日

カトリン・リンドースはニィトリリエット広場の自宅で、猫といっしょにソファーの上で丸くなり、携帯電話を見つめている。ミカエルに何度も何度も電話をしてしまい、そのことがわれながら腹立たしく恥ずかしい。こんなに自分をさらけ出したというのに、返ってきたのはろくな説明のないＳＭＳ一通だけだった。

例の物乞いはきみに、マムサヒブと言ったんだと思う。マムサヒブとはクララ・エンゲルマンのことだ。ほかに覚えていることは？　ちょっとした単語でも貴重な情報になる。

マムサヒブ、とカトリンは頭の中で繰り返し、その単語を検索してみた。〝植民地時代のインドにおける白人女性への敬称。一般的にはメムサヒブと表記される〟。確かに、あの物乞いがそう言った可能性は大いにある。けれど、もうどうでもいいとしか思えない。それに、クララ・エンゲルマンって誰よ？

もう放っておこう。ミカエルのこともどうだっていい。挨拶のひとつも書いてよこさないなんて。〝やあ、どうしてる？〟ぐらいは書けただろうに、何もなかった。ましてや〝会いたい〟などとはもちろん書かれていなかった。カトリンのほうは、自分でも信じられないが、つい感情に走ってそう書き送ってしまったというのに。あんな男、地獄に堕ちてしまえばいい。

何か食べようとキッチンに入ったが、食欲が湧かない。冷蔵庫を乱暴に閉めると、食卓の上の大皿に入れてあったリンゴをひとつ手に取ったが、結局それも食べることはなかった。ちょうどその瞬間、頭の奥のほうで小さな警鐘が鳴ったからかもしれない。クララ・エンゲルマン？　聞いたことがあるような気がする。どういうわけか華やかな印象がある。名前を検索してみて、ようやくすべてを思い出した。

昔、雑誌『ヴァニティ・フェア』で、クララ・エンゲルマンとエベレストの一件についての記事を読んだのだ。ほかにすることもないので、クララ・エンゲルマンの写真を探して眺めてみた。あの年にベースキャンプでポーズを取っている写真が何枚もあり、エベレストでクララとともに亡くなった山岳ガイド、ヴィクトル・グランキンの写真も見つかった。クララはちょっと俗っぽい感じのする美人だったが、どことなく悲しげにも見える、とカトリンは思った。いや、むしろ、鬱（うつ）を心に閉じ込めておくために、ずっと笑っていなければならず、引きつった笑みを浮かべているような感じだ。そして、グランキンのほうは、むしろ……何と言えばいいだろう？

　グランキンはエンジニアで、プロの登山家でもあった、と書かれていた。冒険旅行を主催する旅行会社のコンサルタントを務めていたこともあるらしい。だが、どちらかというと軍人のように見えるのだ。それも、精鋭部隊の。とくに、エベレストで背筋を伸ばして堂々と立っている、この写真……その隣に、ヨハネス・フォシェルが写っていた。驚きが思わず声に出て、カトリンは腹を立てていることも忘れ、ミカエル・ブルムクヴィストにこう返信した。

　　いったい何を探り当てたの？

　エリン・フェルケは、ついさっきまで憤慨し、怒りをあらわにしていた。ところがいまはどこか自信なさげな、釈然としない表情だ。ほんの一瞬で対極へと移動したように見えた。

「ああ、まったく、スヴァンテのことは何と説明したらいいかしら？　ものすごい自信家でしたね。信じられないぐらい。どんなことでも相手を説得できた。ベースキャンプではわたしたち全員、彼おすすめのブルーベリースープを飲みはじめたんですよ。セールスマンか何かになればよかったのに、あの人。それでもエベレストでは結局、彼の思いどおりにはならなかったようですね」

「というと？」

「スヴァンテは、ヴィクトルとクララの仲を察知したひとりでした。で、なぜかそれが気に入らなかったみたい」

「どうしてそう思われたんですか？」

「ただそう感じた、というだけです。嫉妬していたのかもしれない。わかりませんけど。で、ヴィクトルもそれに気づいていたと思う。彼がどんどん神経質になっていったのは、そのせいもあったと思うんです」

「ヴィクトルがそれを気にする理由は？」

「さっき話したとおり、彼は何かに心を乱されていました。ベースキャンプではいつでも寄りかかれる巌のような存在だったのに、日に日に不安げになっていったんです。ひょっとすると、スヴァンテのことを少し怖がっていたんじゃないか、と思うこともあります」

「それはなぜ？」

「あくまで推測ですけど、スヴァンテがスタン・エンゲルマンに告げ口するのを恐れていたんじゃないかと」

「そのふたりが通じているという気配があったわけですか？」

「そういうわけではないけれど……」

「けれど？」

「時が経つにつれて少しずつ見えてきたことですが、スヴァンテには、裏で何をたくらんでいるかわからないようなところがありました。で、スタン・エンゲルマンのことを、まるで知り合いみたいに話していたんです。スタン、と言うときの口調が、なんだか……親しげでね。でも、わたしの気のせいかもしれませんし、いまとなってはもう、あまりよく思い出せません。ただ、最後のほうは、スヴァンテの尊大な態度も消えていたことは事実です。どことなく、おっかなびっくりという感じで」

「彼も何かに神経をとがらせていたわけですね」

「全員がそうでした」

「確かに、それはそうでしょう。でも、あなたはさっきスヴァンテのことを、ベースキャンプ最大の謎と言いましたね」

「まさに、いまお話ししたようなことですよ。たいていは皇帝か何かみたいに自信満々だったけれど、それでいて不安げでピリピリしていた。豪胆でおおらかな性格かと思えば、ひどく意地悪でもあった。人のことを褒めそやした次の瞬間、チクリと棘のあることを言ったりして」

「ヨハネス・フォシェルとの仲は？」

「そこも、いま言ったような感じだったと思いますよ。彼の一部は、ヨハネスのことが大好きだった」

「だが、それ以外の部分は……」

「ヨハネスに目を光らせて、あら探しをしていた」

「そう思われるのはどうして？」

「自分でもよくわかりません。たぶん、最近のマスコミのフォシェル・バッシングに影響されているんでしょうね」

「というのは？」

「だって、ひどすぎるじゃありませんか。ときどき、ヨハネスはスヴァンテが何かしたせいで辛酸を舐めているんじゃないか、と思ったりもするんですよ。ああ、いまのは言いすぎだったかも」

ミカエルは控えめに笑った。

「そうかもしれませんね。でも、いろいろと考えるのを手伝っていただけて助かりました。さっきも言ったとおり、いまのような話をあなたの証言として記事にすることはないので、そこは心配しなくて大丈夫です。ぼくもあれこれ推測するのは大好きですが、残念ながら、記事にするにあたっては事実をもとにしなければならないので」

「つまらないことですね」

「ハハハ、そういう見方もありますね。でも、ちょっと登山に似ていませんか。次の岩棚がどこにあるか、推測するだけではだめだ。確信がなければならない。じゃないとまずいことになる」

「そのとおりですね」

携帯電話を見下ろすと、カトリンから返事が来ていた。逆に質問されている。ミカエルはこれを機に話を切り上げることにした。エリン・フェルケと心のこもった別れの挨拶を交わし、旅行鞄を持って外の街路に出た。向かう先のあてはまったくなかった。

夕方、フレドリカ・ニーマンがトロングスンドの自宅に戻ると、精神科医で、セードラ・フリューゲルン精神科病院閉鎖病棟の上級医であるファルザド・マンスールから、長文のメールが届いていた。ニマ・リタが同院の患者だったのか否かを確認するため、フレドリカも警察も、ファルザド・マンスールに詳しい情報を送ったのだ。

返事はきっとノーだろう、とフレドリカは思っていた。シェルパだというあの男性は、どこかに入院していたにしてはひどすぎる状態だった。とはいえ、血中に抗精神病薬の痕跡があったことを考えると、その推測が間違っている可能性もあった。だからフレドリカは緊張しながらファルザドのメールを開いた。それに、捜査とは関係のない理由でそわそわしてもいた。

ファルザドは、電話では柔和で知的な話し方だったし、インターネットに上がっている写真もなかなかすてきなのだ。目が輝いていて、笑顔に温かみがあり、しかも趣味はセールプレーン（滑空のみが可能な航空機。グライダーとも）だとフェイスブックにあった。ところが、彼女とブランスキーに宛てられたそのメールは、堅苦しい文面ながらも怒りと自己弁護のにじむ内容だった。

お話に衝撃を受け、たいへん遺憾に思っております。まず申し上げておきたいのは、この出来事が、一年の中でもっともタイミングの悪い時期に起きてしまったということです。クリステル・アルム院長と私がふたりとも不在だったのは、七月のその一週間だけでした。そのせいで、不幸なことにこの事態への対応が遅れてしまったのです。

この出来事？　この事態？　対応が遅れた？　何が言いたいわけ？　フレドリカは憤りを感じた。セールプレーンが趣味の柔和な紳士だと思っていた人が、こんなあきれたメールを書くのかと思うと、ひどく傷つけられたような気すらした。が、この長く込み入ったメールに最後まで目を通してみると、ニマ・リタが本当にセードラ・フリューゲルン精神科病院の患者だったことがわかった。別の名前で入院し、今年七月二十七日の午後に逃げ出したらしい。が、その時点で失踪届が出されることはなかった。理由はいくつかあったが、責任者がふたりとも休暇中だったのが大きかったようだ。そして、もうひとつ、当該患者に何かあった場合には特別な極秘の手順を踏むよう指示されていた、という理由もあった。とはいえ、その指示は結局無視された。恐怖や罪悪感のせいかもしれない。

ファルザド・マンスールはこう書いていた。

すでにご存じかもしれませんが、クリステルと私がセードラ・フリューゲルン精神科病院の運営を引き継いだのは、今年の三月です。その時点で初めて、当院にいくつもの瑕疵があることに気づきました。たとえば、患者が何人も病室に閉じ込められ、われわれの見たかぎり悪影響しか及ぼしていない身体拘束措置が行なわれていました。そうした患者のひとりが、二〇一七年十月にニハル・ラワルの名で入院した男性でした。彼は身分を示す書類を何も持っていませんでしたが、カルテの記述によれば五十四歳、妄想型統合失調症を患い、脳神経に原因のよくわからない損傷を負っていました。ネパールの山岳地帯の出身だと聞いています。

フレドリカは娘たちのいるほうへ目をやった。いつもとまったく同じように、ソファーで携帯電話をいじっている。マンスールのメールはさらに続いた。

この患者さんは、歯の治療すら受けていませんでしたし、緊急に心臓専門医にかかる必要があったにもかかわらず、その機会も与えられないままでした。代わりに薬を大量に投与され、身体を拘束されていた期間も複数回あったようです。本来ならあってはならないことです。また、残念ながら詳細をお伝えすることはできないのですが、この患者さんが命を脅かされているという情報がありました。われわれがその情報を真剣に受け止めていなかった可能性はあり、責任逃れをするつもりはありません。ただ、ご理解いただきたいのですが、院長も私も患者さんの幸せを最優先に考えていました。もっと人道的な扱いをして、彼の信頼を取り戻したいと考えたのです。患者さんは完全に錯乱していました。自分がどこにいるのか、結局最後までよくわかっていなかったようです。同時に、怒りを抱えてもいました。誰も自分の話に耳を傾けてくれない、という怒りです。そこで、われわれは薬の量を大幅に減らし、精神療法に切り替えました。しかしながら、残念なことに、これもさしたる効果はもたらしませんでした。

患者さんの妄想はあまりにも重篤でした。彼は心から話をしたがっていましたが、その一方で、当院に多大な不信感を抱いてしまってもいた。われわれはそれでも、誤解の一部は正したつもりです。彼をニマと呼ぶことにしたのがその一例です。彼にとって大切なことだったので。サーダー・ニマ、とわれわれは呼んでいました。

また、亡くなった奥さんのルナに、彼が強迫的なまでに執着していることもわかりました。夜な夜な病院の廊下を歩きまわり、彼女の名を呼んでいたのです。妻の泣き声や、助けを求める悲鳴が聞こえる、という話でした。ときおり感情を激しく爆発させ、意味のよくわからないことを口走っていたのですが、そういうときには〝マダム〟――マム・サヒブという女性が話に出てきました。院長も私も、これを彼の妻の別名だろうと解釈しました。話の内容が実によく似ていたからです。しかしながら、お送りいただいた情報を拝読したところ、トラウマとなった出来事は、われわれが考えていたように一件だけだったのではなく、どうやら二件あったようですね。

患者さんの話をこれ以上はっきりと理解してあげられなかったのは、当院の落ち度であると思われるかもしれません。しかしながら、われわれは当初からきわめて不利な条件を強いられていたのであって、これでも確かに進歩はあったのです。六月末、患者さんは返却を求めていたダウンジャケットを受け取り、それでずいぶん安心したようでした。アルコールもつねに所望していたことは事実ですが――おそらく鎮静薬の量を減らした結果です――それでも、頭の中の悲鳴に悩まされる夜ばかりではなくなったようで、以前ほど夜を怖がらなくなっていました。

このような状況で、休暇に入る際には院長も私も、見通しはわりあい明るいと感じておりました。その患者さんの件でも、病院の運営そのものに関しても、自分たちは正しい方向に向かっていると思っていたのです。

そうでしょうとも、とフレドリカは考えた。それはそうでしょうとも。だが、それでも結局ニマ・リタは亡くなったわけで、何としてでもここから逃げ出してやるという彼の切羽詰まった覚悟を、病院幹部が見誤ったことは火を見るよりも明らかだった。もちろん、ニマがテラスに出るのを許可したこと自体は理解できる。だが、職員の付き添いなしで勝手に出られる状況にあったのは、さすがに規則違反だったはずだ。

ニマは七月二十七日の午後に失踪した。破れたズボンの切れ端が残っていたことから、テラスを囲む高いフェンスと屋根とのあいだの狭いすきまを無理やりくぐり抜けたのだと判明した。その後は外の急な崖を伝ってオシュタ湾に下り、そこから逃げたのだろう。そうして、マリアトリエット広場周辺の界隈に落ち着いた。

それにしても理不尽なのは、クリステル・アルム院長が八月四日に休暇から戻ってくるまで、失踪がいっさい報告されていなかったという事実だ。しかも警察に失踪届を出したわけではなかった。〝この患者さんに関連して何らかの事象が発生した場合には、所定の連絡先に報告すべし、という明確な取り決めがあったため〟、と書かれていた。やたらと小難しい、持ってまわった表現で、機密情報のにおいがぷんぷん漂っている。ともあれ何か重要な情報が隠されていることには疑いの余地がなさそうだ。フレドリカは、セードラ・フリューゲルン精神科病院についての一般情報をさらに手に入れ、ブブランスキー警部とも長時間にわたって電話で話をしたのち、これまでとまったく同じ行動に出た。

ミカエル・ブルムクヴィストに電話したのだ。

ミカエルはまだカトリンに返事をしておらず、グレーヴ通りの〈チューダー・アームズ〉でギネスを飲みながら、今後の行動計画を立てていた。スヴァンテ・リンドベリにはもちろん話を聞かねばならないだろう。彼こそこの一件の鍵を握る人物だという確信が高まっている。が、まずはもっと証拠をつかんだほうがよさそうだ。そうなると、いちばん理にかなった情報源は当然、ヨハネス・フォシェルその人ということになる。

だが、彼のいまの容体がまったくわからない。いずれにせよ本人にも妻のレベッカにも連絡が取れないし、広報官のニクラス・ケッレルすらつかまらなかった。ミカエルは結局、そちらの件はしばし寝かせておくことにして、まずは泊まる場所を確保しようと考えた。仕事をし、睡眠も取れる場所を見つけなければ。調査を続けるのはそれからだ。だが、行動に移す時間はなかった。携帯電話が鳴ったのだ。

フレドリカ・ニーマンからで、興味深い情報を入手したという話だった。ミカエルはいったん電話を切るよう彼女に頼むと、シグナルというアプリをダウンロードしてほしい、そうすれば盗聴されずに話せるから、というSMSを送った。

フレドリカからの返事はこうだった。

［できません。よくわからないので。アプリとかは大の苦手なんです。頭がおかしくなりそう］

ミカエルはこう返答した。

［十代の娘さんがいるとおっしゃっていませんでしたっけ？　四六時中、携帯をいじっているのでは？］

［もちろん。訊くまでもないことです］

［じゃあ、娘さんにアプリをダウンロードしてもらってください。ママはスパイ探偵になるから協力してほしい、とでも言って］

［笑、やってみます］という返事だった。

しばらく連絡がとぎれ、ミカエルはギネスを飲みながら外の街路を眺めた。女性がふたり、ベビーカーを押して歩いている。そのままとりとめもなく物思いにふけっていると、さきほどとは違う言葉遣いのＳＭＳが届いた。

［マジでミカエル・ブルムクヴィスト？］

ミカエルはハイテクなところを見せようと、Ｖサインをしている自撮り写真を送った。

［すごい］

［そうでもないよ］

［で、ママがスパイ探偵になるんだって？］

［そのとおり］と返答すると、笑顔の絵文字が返ってきて、なんだ、けっこううまくやれるもんだな、とミカエルは自分で思った。また間違えて赤いハートを送ってしまうことだけは避けなければ。そんなことをしたらタブロイド紙の一面に載りそうだ。ミカエルはさっそく本題に入り、アマンダという名らしい少女に手順を説明した。十五分後にはフレドリカ・ニーマンがアプリを使って電話をかけてきたので、ミカエルは店の外に出て応答した。

「たったいま、娘たちの中で私の株が上がったみたい」

「だとしたら、今日ぼくはひとつ人の役に立つことができたわけだ。いったい何があったんですか？」

フレドリカ・ニーマンはキッチンで白ワインのグラスを傾けつつ情報を伝えた。

やがてミカエルが言った。

「じゃあ、ニマがその病院にやってきた経緯については、誰も知らないんですね」

「この件そのものが、何かの形で機密扱いになっているみたい。軍関係の機密なんじゃないかと思います」

「この一件が国の安全にかかわる、とでも？」

「わかりませんけど」

「国ではなく、特定の個人を守るための機密という可能性もありますね」

「ええ、もちろん、それもありえますね」

「それにしても妙な話だ。そう思いませんか？」

「思います」フレドリカはためらいがちに答えた。「それに、まぎれもないスキャンダルでもありますよね。患者さんを数年にわたって狭い病室に閉じ込めて、歯の治療もしないばかりか、私の理解が正しければ、ほとんど誰にも会わせていなかったわけだから。あなたがあの病院のことをご存じかどうかは知りませんが」

「大昔に、グスタフ・スターヴシェーの書いた基本方針を読んだことがあります」

「あれね、ご立派な内容だったでしょう？　誰よりも病の重い人たちこそ、誰よりも手厚いケアを受けるべきだ、とか。社会の品格は、弱者をいかに支援するかによって決まる、とか」

「スターヴシェーはその理念に情熱を傾けていたと思っていましたが、違ったんですか？」

「そういうわけではありません」とフレドリカは答えた。「でも、いまとは時代が違ったの。スターヴシェーは対話や心理療法の可能性を信じていたけれど、それは甘かった。少なくとも重症の患者さんたちには効かなかった。それに、精神科医療という分野そのものが、彼の理念とは反対の方向に進んでしまった。投薬や拘束措置が増えていった。あの病院は、水辺の素晴らしい立地で、ちょっとした邸館(ていかん)のように見えるのに、中身はだんだん、戦争のトラウマを抱えた難民をはじめ、治る見込みのほとんどない人々の保管所のようになっていった。そうなると人員を確保するのも難しくなりました。病院の評判が落ちたので」

「そうみたいですね」

「あの病院は閉鎖して、患者さんたちを県立の病院に移そうという計画が、かなり前から進んでいたんです。ところが、グスタフ・スターヴシェー財団にいる彼の息子たちが、その計画を阻止したの。その方法というのが、名高いクリステル・アルム准教授を説得して、病院を引き継いでもらうことだった。アルムはあの病院を近代化しようと業務改革に取り組みました。その過程で、彼とその部下はニマの存在に気づいたんですね。カルテの上ではニハル・ラワルという名前でしたが」

「少なくともイニシャルだけは残してもらえたわけですね」

「ええ。でも、どうも怪しいんです。ニマには特別な窓口となる人がいて、彼に関することはすべてその人物に連絡せよという指示が下っていた。病院側はその人の名前を教えてくれないけれど、その人こそ、ニマに関するあらゆる情報を真っ先に知りうる立場にあったはずなんです。ただの推測だけれど、かなりの大物にちがいないという印象を受けました。職員たちもどこかおびえて、慎重に行動しているような気が」

「リンドベリ政務次官級の大物でしょうか」

「あるいは、フォシェル国防相級の」

「どうしようもないな」

「というのは？」

「わからないことが多すぎる」

「ええ、本当に」

「病院で精神療法を試みたときに、ニマがフォシェルの名を口にしたかどうかも、教えてはもらえなかった？」

「ええ、それもわかりませんでした」

「でしょうね」

「でも、そこはブブランスキー警部の推測が当たっているのかもしれませんよ。ニマがフォシェルに執着するようになったのは、ホルン通りの店のテレビで彼を見かけてからなのではないか、と警部はお考えです。あなたの電話番号を手に入れたのも、きっとそのあとなのではないかと」

「そこはじっくり探るしかなさそうです」

「幸運を祈っていますよ」とフレドリカは言った。

「ありがとうございます。確かに運は必要そうだ」

「全然関係のないことを訊いてもいいかしら？」

「もちろん」

「紹介してくださったDNA研究者。あれ、いったい誰ですか？」

「ただの友だちですよ」とミカエルは答えた。

「ずいぶんひどい態度ですよね、あの人」

「彼女なりの理由があってのことです」

ふたりは別れの挨拶を交わし、おやすみなさいと電話を切った。フレドリカはひとりキッチンに座ったまま、外の湖を眺めた。遠くのほうに、また白鳥の姿が見てとれた。

第二十三章

八月二十七日

リスベット・サランデルは、ミカエルからの暗号化されたメッセージを受け取った。が、無視した。ほかのことで忙しかったのだ。今日は、新しい銃――モスクワで持っていたのと同じ、ベレッタ87、通称〝チーター〟――と、IMSIキャッチャーを手に入れたのみならず、フィスカル通りの地下駐車場にいまだ放置されたままだった自分のバイク、カワサキ・ニンジャを取りにも行った。

スーツはハンガーに掛け、パーカーにジーンズ、スニーカーという姿になった。いまいるのは、ノルマルム広場にあるホテル・ノービスの一室だ。つまりストランド通りからさほど遠くなく、彼女はいくつもの監視カメラに目を光らせながら、夏の初めのころのような復讐心を奮い起こそうとしていた。なのに、あいかわらず過去が邪魔をする。それが疎(うと)

ましかった。

昔のことにかまけている暇はない。

集中しなければ。ガリノフがストックホルムに来ているのだからなおさらだ。ガリノフは情け容赦がない。ダークウェブに蠢く無数の噂を別にすれば、彼についてわかっていることは少ないが、それでも確認できた点はいくつかあり、それだけでも情報としては充分すぎるくらいだった――イヴァン・ガリノフは、リスベットの父とつながりがあった。GRUでは彼の弟子のような存在であり、近しい仲間でもあったのだ。

反体制派や武器の密輸入業者の中にまぎれ込み、潜入捜査を手がけることが多かったらしい。その個性はつかみどころがないと言われている。あらゆる状況に溶け込んでしまうのだ。適応しようと努力しているわけでも、演技の天才というわけでもない。むしろいつでも彼自身として振る舞っていて、それがかえって信頼を生むらしい。これほど堂々としているのだから、確かに仲間であるにちがいない、と思わせる。

十一カ国語を流暢に操り、機転がきき、教養もある。その長身と堂々たる態度、端整な顔立ちで、どこに現われてもその場を支配してしまう。それもまた、彼にとっては有利に働いた。こんなに目立つ人間を、スパイあるいは潜入捜査員としてロシアが送ってくるわけがない、と誰もが思うからだ。忠誠心が問題になったこともない。気遣いや父性を見せる一方で、手のひらを返したように残酷にもなれる男だ。

親友になった相手を平気で拷問することができる。もっとも、諜報活動や潜入捜査に身を投じていたのはもう昔のことで、最近は単にビジネスマン、あるいは通訳と名乗ることが多い。もちろん、これはギャングの婉曲表現にすぎない。基本的には犯罪シンジケート、ズヴェズダ・ブラトヴァ（ロシア語でズヴェズダは「星」、ブラトヴァは「兄弟関係、結社」の意）の一員だが、カミラとも頻繁に組んでおり、彼女にとっては貴重な人材だ。ガリノフの名前だけでも大きな価値がある。

とはいえ、リスベットが真に懸念しているのはむしろ、ガリノフがGRUとつながっていること、あの組織の中に人脈があることだ。つまり彼の背後には、遅かれ早かれ彼女を追いつめるのに充分な人員がいるわけで、これ以上逡巡している暇はなかった。だからこうしていま、ホテルの一室で、ノルマルム広場に面した窓辺に立って、今日一日かけて準備してきたことを実行に移す覚悟を固めている。やつらにプレッシャーをかけて焦らせること。そうして、ミスをさせること。だが、まずはミカエルからのメッセージにちらりと目をやった。

　きみのことが心配だ。ぼくにそう言われるのが嫌いなのは知ってる。でも、やっぱり警察に保護を求めたほうがいいと思う。ブブランスキーがやってくれる。話はつけておいた。

ちなみに、ニマ・リタは偽名でセードラ・フリューゲルン精神科病院に収容されていた。その決定には軍がかかわっていたような気配がある。

リスベットは返事をしなかった。一瞬でそのメッセージを忘れ、銃をつかんでグレーのショルダーバッグに入れた。それからパーカーのフードをかぶり、サングラスをかけて部屋を出ると、エレベーターで地階に下り、迷いのない足取りで広場へ出た。

日が陰りはじめているようだ。街は混雑しており、どこの店にもレストランのテラス席にも人があふれている。リスベットはスモーランド通りを右に進み、ビリエル・ヤール通りに出ると、地下鉄エステルマルム駅へ下りていき、そこからセーデルマルム地区をめざした。

カロリンスカ医大病院で、夫のベッドの脇に腰かけていたレベッカ・フォシェルのもとに、ミカエル・ブルムクヴィストからまた電話がかかってきた。出ようとした瞬間、ヨハネスが悪夢でも見ているかのようにびくりと動いたので、レベッカは彼の髪を撫(な)で、鳴る電話を放置した。外の廊下で座って待機している軍人三人が、病室をのぞき込んできた。

見張られているのがありありとわかって、夫を心配することすらろくにできない。なぜこんな扱いを受けなければならないのだろう？　ヨハネスの母親まで所持品検査をされたのだ。ふざけるのもいいかげんにしてほしい。中でも最悪だったのが、軍情報局のクラース・ベリィ長官だ。そしてもちろん、スヴァンテ・リンドベリも。まったく、あの同情とショックの演技には感嘆するほかなかった。

スヴァンテはチョコレートと花束を手に、目に涙を浮かべてやってきて、嘆きの声を上げ、レベッカを抱擁した。だが、彼女はだまされなかった。スヴァンテはひどく汗をかいていたし、目が泳いでもいた。そして、ヨハネスはサンド島で自分も知っておくべきことを何か言っていたかと、少なくとも二度は尋ねてきたのだ。レベッカは叫びたくなった――あんたたち、何を隠してるの？　だが、口には出さなかった。心遣いには感謝するが、いまは帰ってほしい、と頼んだ。

面会に対応する気力がないのだと説明すると、スヴァンテは不本意そうに去っていった。本当に運がよかったとしか言いようがない。というのも、ヨハネスはその後まもなく目を覚ましたのだ。「すまなかった」という言葉は真摯に聞こえたし、息子たちのこと、いまの具合についても少し話ができた。が、「どうしてなの、ヨハネス。どうして？」という妻の問いに、ヨハネスは結局答えてくれなかった。

体力がもたなかっただけなのか。それとも、すべてから逃げて消えてしまいたがっているのか。いまは眠っている、というか、意識の朦朧とした状態で横になっている。どちらにしても幸せそうには見えず、レベッカが夫の手を取った瞬間、SMSが届いた。またブルムクヴィストだ。申しわけないと謝りつつ、暗号化された回線で、またはどこかでふたりきりになって、話さなければならないことがある、と書いている。だが、無理だ。そんな気力はない、いまはだめだ。夢を見てぼそぼそと寝言を言っている夫を、レベッカは絶望の面持ちで見つめた。

ヨハネス・フォシェルはエベレストに戻っていた。彼の頭の中に広がる世界で、体を鞭打つ猛吹雪の中を、またもやふらふらと歩いている。耐えがたい寒さで、思考もほぼ停止状態だ。ただひたすら雪の中を進み、アイゼンのきしむ音、天と地の轟く音を聞きながら、自分はあとどれくらいもつのだろうかと考えている。

認識しているのは、酸素マスクをつけた自分の苦しい呼吸と、隣にいるスヴァンテの輪郭だけということが多く、それすら意識から消えてしまうこともあった。

ときおり景色が真っ黒になる。そういうときは、目を閉じて歩いていたのかもしれない。前方に崖があったとしても、躊躇なく足を踏み出して、叫んだり気にとめたりする間もなく落下していたことだろう。ジェット気流までもが静まったようで、彼は音のない闇の中へ、虚無の中へ入りつつあった。クロスカントリースキーのコース脇で励ましてくれた父の言葉を、ついさきほど思い出したばかりなのに――〝まだ力が残っているはずだぞ、ヨハネス。まだ残っているはずだ〟。かなり前からずっと、恐怖にとらわれたときには父のその言葉をよすがにしてきた。すると必ず、ほんの少しとはいえ、力を振りしぼることができた。だが、どうやらもう無理らしい。

もう何も残っていない。ヨハネスは自分の登山靴のそばを舞う雪を見下ろし、もうあきらめて倒れてしまおうかと考えた。叫び声が聞こえたのはそのときだった。風に乗って運ばれてきた、嘆きの悲鳴。初めは、とても人間の声には聞こえなかった。山そのものが絶望の叫びを上げているようだった。

ヨハネスがはっきりと、明確に言葉を発している。だがレベッカには、夫が寝言を言っているのか、それとも自分に問いかけているのか、判断がつかなかった。

「聞こえるか？」

そう言われても、その日ずっと聞こえていた物音以外は何も聞こえない。道路のほうから聞こえてくる車の音、機械が静かにうなる音、廊下から聞こえる足音、人の話し声。レベッカは返事をせず、ただ夫の額ににじんだ汗の玉をひとつぬぐい、前髪を整えてやった。するとヨハネスが目を開いた。期待と思慕(しぼ)に、レベッカの胸がずきりと痛む。わたしに話して、と彼女は頭の中で言った。何があったのか話して。

夫があまりにおびえた目で見つめ返してきたので、レベッカは怖くなった。

「夢でも見てたの？」と彼女は尋ねた。

「また、あの悲鳴が」

「悲鳴？」

「エベレストで聞いた」

あの山でのことは昔、もう数えきれないほど話し合った。が、悲鳴のことなど記憶にない。詳しく訊かないほうがいいだろうか。夫は目を潤(うる)ませていて、意識が朦朧としているのは一目瞭然だ。レベッカはこう言った。

「何の話か、よくわからないんだけど」

「最初は嵐だと思ったんだ。覚えてないかい？　風の音が人の声みたいに聞こえたんだろうと思った」

「ううん、覚えてない。だって、わたしはいっしょに上まで行かなかったもの。ずっとベースキャンプにいた。知ってるでしょう？」

「でも、話したはずだ」

レベッカは首を横に振った。話題を変えたい衝動にかられる。夫がうわごとを言っているから、というだけではない。気味が悪くなったのだ。その悲鳴が不吉なものだと、早くも悟ったかのように。

「もう少し休んだらどう？」と彼女は言った。

「それから、野犬だろうと思った」

「えっ？」

「標高八千メートルの山の上で、野犬だなんて。信じられるかい？」

「エベレストのことはまた今度」とレベッカは言った。「それよりもまず、わかるように説明して、ヨハネス。どうしてあんなふうに駆けていってしまったの？」

「いつの話？」

「サンド島での話。沖まで泳いでいったでしょう」

ヨハネスの意識がはっきりしてきたのが目でわかったが、だからといって気分がよくなったわけではないこともひと目でわかった。エベレストの野犬のことを考えていたときのほうがましにすら思える。

「誰が助けてくれた？　エリックか？」

「ううん、ボディガードじゃない」

「じゃあ、誰?」

どんな反応が返ってくるだろう、とレベッカは思った。

「ミカエル・ブルムクヴィスト」

「ジャーナリストの?」

「そう」

「妙なことだな」とヨハネスは言った。そう、確かにひどく妙な話だ。だが、彼の反応は違っていた。

疲れきった、悲しげな声だったのだ。自分の両手を見下ろす視線があまりにも関心なさげで、レベッカは怖くなった。夫がさらに質問してくるのを待つ。ついに問いかけてきたヨハネスの声には、好奇心のかけらもなかった。

「どうしてそんな成り行きに?」

「わたしがいちばん取り乱してたときに、彼から電話がかかってきたの。ルポルタージュを書いてるんですって」

「何のルポ?」

「言っても信じないだろうけど」そう言いつつも、彼は自分の言うことを微塵も疑わないだろうと、レベッカにはわかっていた。

リスベットは地下鉄シンケンスダム駅で降り、リング通りを渡ってブレンシルカ通りに入った。記憶の映像がまたもや押し寄せてくる。子どものころに住んでいた界隈に戻っているからだろうか。それとも、新たな作戦を控えてまた興奮状態になっていることだけが原因だろうか。

空を見上げる。雲に覆われて暗くなっている。また雨が降りだすのだろう。モスクワのときと同じだ。天気がくずれる直前の圧迫感が空気中に漂っている。歩道の先のほうで、若い男が具合でも悪いのか、体を二つ折りにしてかがんでいるのが見えた。見ればどこもかしこも酔っ払いだらけだ。近所でパーティーでも行なわれているのか。あるいは給料日か、週末か。

左に曲がって階段を上り、タヴァスト通りからミカエル宅に近づいた。ゆっくりと神経を研ぎ澄ましていく。周囲のあらゆる細かい点、あらゆる人影に気を配る。だが……予測していたようなものは何も見当たらない。見込みがはずれたのか？　どこも怪しいところはない。酔っ払いが増えただけだ。いや、ちょっと待った、あそこの交差点……

見えているのは背中だけだった。コーデュロイのジャケットを着た、肩幅の広い背中。

手には本を持っている。犯罪者はふつう、コーデュロイのジャケットは着ないし、読書もしない。それでも男の何かがリスベットを緊張させた。その姿勢か、あるいは顔を上げるときのしぐさか。リスベットはさりげなく男のそばを素通りしつつ、ちらりと視線をやり——背が高く、肥満気味の男だった——やはり思ったとおりだ、とたちまち悟った。ジャケットと本は馬鹿げた変装道具でしかない。ヒップなセーデルマルムっ子を装っているつもりなのだろうが、見事に失敗している。しかも、どういう類いの人間かがわかっただけではない。顔にも見覚えがあった。

名前はコニー・アンデション、しばらく前まではオートバイクラブの取り巻き(ハングアラウンド)として使い走りをしていた男だ。オートバイクラブの重要人物にはほど遠く、彼がこの仕事を任されたのも納得である。絶対に現われるはずのない男をじっと待つという、まったくもってくだらない仕事なのだから。とはいえ、だからといってあなどれる相手ではないことも、リスベットは承知している。二メートル近い長身で、借金取り立ての際にはタフガイを演じる係だ。リスベットは彼のことなど目に入らなかったかのように、うつむいたまま前進した。

それから振り返り、通りの向かい側をざっと観察した。二十歳ほどの酔った男ふたりが少し離れたところを連れ立って歩き、さらにその先では六十代らしき女性が、信じがたいほどのんびりとしたペースで散歩している。まずい。だが、彼女がいなくなるのを待っている時間はない。コニー・アンデションに気づかれたが最後、形勢はあっという間に不利になる。だからリスベットはそのまま冷静に歩きつづけた。

それから突如、くるりと右にまわり、コニーに向かって突進した。コニーは顔を上げ、手探りで銃を出そうとした。が、そこまでだった。リスベットは男の股間を膝蹴り(ひざげ)し、彼が前のめりになったところに二度頭突きを見舞った。コニーがバランスをくずす。その瞬間、やはり例の女性の大声が聞こえてきた。

「ちょっと、あなたたち何やってるの？」

無視するしかなかった。お年寄りを落ち着かせている暇はない。あえて近寄ってくるとも思えないし、警察に電話したかったらいくらでもすればいい。どうせ間に合わないだろうから。リスベットはすでにコニー・アンデションに飛びかかり、地面に押し倒している。そうしてまたたく間に馬乗りになり、かけていたサングラスをはずすと、バッグから銃を引っぱり出し、銃口をコニーの喉仏(のどぼとけ)に突きつけた。コニーがおびえきった目で見上げてくる。

「これから、あんたを殺す」リスベットは言った。

コニーは何やらつぶやいている。タフガイも形なしだ。リスベットはできるかぎりの薄気味悪い声で続けた。

「あんたを殺す。あんたと、オートバイクラブの全員を。ミカエル・ブルムクヴィストに指一本でも触れたらね。標的はわたしなんだから、わたしだけを追えばいい。わかった？」

「わかった」

「ああ、ちょっと待った……やっぱり、マルコにこう伝えなさい。ミカエルに手を出そうが出すまいが関係ない。どっちにしてもみんな殺す。おびえきった恋人や妻たちだけがあとに残る」

コニー・アンデションは答えなかった。リスベットはその喉に、銃口をさらに強く押しつけた。

「返事は？」

「つ、伝えるよ」

「よろしい。ところで……」

「何だ」

「女の人がひとり、こっちをじっと見てる。だから、あんたの銃とか、そういう目立つものを遠くへ放り投げるのはやめて、あんたの頭を蹴るだけにしておくつもり。もし銃にちょっとでもさわろうとしたら、容赦なく撃つからね。それにそなえて……」

リスベットは左手でコニーの体をざっと探り、ジーンズのポケットから携帯電話を引っぱり出した。顔認証機能のついた、iPhoneの新機種だ。

「……わたしのメッセージがちゃんと伝わるようにしておく。あんたが死んだとしても」

リスベットは拳銃を相手の顎(あご)に押しつけた。

「ほら、コニー、にっこり笑って」

「はあ？」

リスベットはiPhoneを彼の顔の上にかざしてロックを解除すると、その直後、さほどハイテクとは言えないことをふたつ実行した。もう一度頭突きを見舞ってから、写真を撮ったのだ。それからまたサングラスをかけ、スルッセンや旧市街(ガムラスタン)の方向へ歩きながら、コニー・アンデションの電話の連絡先データに目を通した。驚くような名前がいくつかあった。有名な俳優がひとり、政治家がふたり。麻薬課の警察官までいる。きっと汚職警官だろう。とはいえ、そちらに興味はない。

スヴァーヴェルシェー・オートバイクラブの連中の番号だけを探し、ひととおり見つけたところで、とまどいおびえきった表情でカメラを見上げているコニーの写真を送信した。そして、iPhoneの中身のコピーを済ませてから、メッセージを送った。

こいつから話がある。

そして電話をリッダー湾に投げ捨てた。

第二十四章

八月二十七日

ヨハネス・フォシェルはただひたすら、とにかく自分の殻の中にまたこもって、夢や記憶に救いを求めたいと思っていた。が、ニマ・リタの名前を口にした妻の思いがけなく尖(とが)った口調、怒りを押し殺したような声に、ぐいと現実へ引き戻された。

「どうしてニマがいきなりスウェーデンに現われたの？　亡くなったんじゃなかったの？」

「誰が見舞いに来た？」

話題を変えたことで妻が苛立(いらだ)ったのがわかった。

「さっき教えたじゃない」

「忘れてしまった」

「子どもたちは当然来た。お義母さんも。当面あの子たちの面倒をみてもらってるから」

「みんな、何て言ってた？」

「どう思う、ヨハネス？　わかるでしょう？」

「すまない」

「謝罪をどうも」レベッカが冷静になろうと努めているのがわかる。昔のような、強いレベッカになろうとしている。

だが、成功には至っていない。ヨハネスは廊下の軍人たちにちらりと目をやった。出口、逃げ道、脅威、可能性、リスク――そうした諸々が、不安げな鳥のようにバタバタと頭の中を飛びまわる。

「いま、ニマの話はできない」とヨハネスは言った。

「そう」

レベッカは意志の力をかき集め、愛情のこもった笑顔を見せて、また夫の髪を撫でた。

ヨハネスは頭を振ってその手を払いのけた。

「じゃあ、何の話ならできる？」

「わからない」

「いずれにせよ、いい結果になったことがひとつだけある」

「いい結果？」

「見てごらんなさい、この花束の数。これでもほんの一部なのよ。憎しみが全部、愛に変わってしまった」

「そんなこと、信じられないな」

レベッカが携帯電話を差し出してきた。

「自分で見てみたら。インターネットで」

ヨハネスは手で軽く払いのけるしぐさをした。

「追悼のつもりなんだろう」

「違う。温かい言葉ばかりよ、本当に」

「軍情報局の連中はここに来た？」とヨハネスは尋ねた。

「スヴァンテは来た。あとは、クラース・ベリィとか、ステーン・シーグレルとか、そのあたりの人たちが何人か。というわけで、答えはまぎれもなくイエスね。どうしてそんなこと訊くの？」

〝確かに、どうして訊いたんだろう？〟

答えはわかっていたではないか。もちろん来たに決まっている。レベッカの目はいぶかしげだ。手で頭皮を掻きながら、ふと、予測だにしなかった衝動を感じる――話してしまいたい。だが、無理だ、無理だからこそそんな衝動を覚えるのだ。

自分たちはきっと盗聴されている。ヨハネスは考えをめぐらせた。選択肢をまたもや秤にかけた。潮の流れに巻き込まれて水底に沈んでいるとき、生きたい、と必死で願ったことを思い出した。

「紙とペンはある？」と彼は尋ねた。

「えっ、うん、あると思うけど」

レベッカはハンドバッグの中を探し、ボールペンと小さな黄色の付箋を取り出して、夫に渡した。

ヨハネスは書いた。

〝ここを出なければ〟

レベッカ・フォシェルは夫の書いた文字を読み、恐怖にかられて、外で見張っている軍人たちをはっと見やった。が、幸い、彼らはすっかり退屈しているのか、携帯電話に没頭中だ。レベッカは不安のあまり乱れた文字で返事を書いた。

〝いますぐ？〟

すると、ヨハネスはこう書いてきた。

〝いますぐだ。機械につながっている管をはずしてくれ。きみの携帯とハンドバッグは置いていくんだ。下の売店に行くふりをしよう〟

〝行くふり？〟

〝逃げるんだ〟

〝何を言いだすの？〟

〝説明したいが、ここでは無理だ〟

〝説明って、何を？〟

〝すべてを〟

　一本のペンが手から手へと渡り、ふたりはすばやく文字を綴っていたが、ここに至ってヨハネスが躊躇し、それまでと同じ、途方に暮れたような悲しげな瞳で見上げてきた。が、別の感情もひとすじ見えた。レベッカが長いこと、見たいと願っていたもの。ヨハネスの闘志。それで、彼女の中にも、おびえとはまた別の感情が湧き上がってきた。

　夫と逃げるつもりはない。警備員や軍人のいる病院を出ていくことはしたくないし、いまの夫を取り巻くこの異常な状況から逃れられるとも思えない。だが、彼が本当に説明したいと思ってくれているのなら、それは素晴らしいことだ。体を動かすことも、彼にとってはプラスになるかもしれない。ヨハネスの脈は速いが安定しているし、彼には体力もある。監視の目を逃れて、誰にも何も聞かれるおそれのない場所に行くことぐらいなら、きっとできる。

だがその一方で、病院のスタッフに断わりも入れず、勝手に点滴や医療機器をはずしてしまっては、何もかもが頓挫（とんざ）することもわかっている。そこで付箋の束をめくり、新しい紙片にこう書いた。

〝スタッフを呼んで、説明する〟

ナースコールを鳴らしていると、ヨハネスがこう書いてきた。

〝そのあとは、誰にも見つからないところへ行こう〟

やめてよ、とレベッカは思った。もうやめて。

〝何から逃げようとしてるの？〟

〝軍情報局〟

レベッカはこう書いた。

〝つまり、スヴァンテ？〟

ヨハネスはうなずいた。レベッカには少なくとも、彼がうなずいたように見えて、彼女は叫びたくなった——〝やっぱり、そうだと思ってた！〟またペンを握った彼女の手は震えていた。心臓がどくどく音を立て、口の中が乾ききっている。

〝スヴァンテが何かしたの？〟

ヨハネスは答えず、うなずきもしなかった。ただ、窓の外の高速道路をじっと眺めていた。レベッカはこれをイエスと解釈し、続けて書いた。

〝警察に知らせなきゃ〟

ヨハネスは、きみは何もわかっていない、という顔を向けてきた。

〝それか、マスコミに話すの。さっきミカエル・ブルムクヴィストが電話してきた。あの人はあなたの味方よ〟

味方、とヨハネスはつぶやき、顔をしかめた。そしてまたペンをつかみ、判読不可能な文字で付箋に走り書きをした。レベッカはそこに書かれた言葉をじっと見つめた。

〝読めない〟と書く。ひょっとすると実際には読めたのかもしれないが。すると、ヨハネスはこう書き直した。

〝ぼくの味方であることがいいことなのかどうか、よくわからない〟

その言葉に、それまでとは毛色の異なる自己防衛本能が湧き上がり、ちくりと胸を刺す。ヨハネスに突き離されたような気がしたのだ。いや、それどころか、この言葉によってふたりはもはや、当然のように手を組む〝私たち〟ではなくなったかのような。夫婦であっても、もう必ずしも一心同体とはかぎらない、というような。ひょっとして私こそ、この人から逃げなければならないのでは?

　レベッカは病室の外の見張りに目をやり、新たな計画を練ろうとした。が、ちょうどそのとき廊下から足音が聞こえ、いつもの赤ひげの医師が入ってきて、どうしたのかと尋ねてきた。レベッカはほかに何も思いつかず、こう答えた――ヨハネスの調子がよくなった、散歩ぐらいならできそうだ、と。

「下の売店に行って、新聞とペーパーバックの本を買ってきます」と言った声は、とても自分の声とは思えなかったが、それでも驚くほどの威厳がこもっていた。

　時刻はもう夜の七時半で、ヤン・ブブランスキーはとうの昔に帰宅しているべきだった。だが実際には警察本部の自室に残り、ある若い人の顔をじっと見つめている。怒れる理想主義のようなものを醸(かも)し出しているその顔に、苛立つ人もいることだろう。が、ブブランスキー自身は若い人たちのそういう態度が嫌いではないし、自分もこのぐらいの歳のころはたぶん同じだったと思っている。上の世代の人たちは人生を軽んじている、そう感じていた。彼は目の前の若い女性に温かな笑みを向けた。

　返ってきた笑みはこわばっていた。ユーモアが得意分野というわけではなさそうだが、それでも彼女の情熱はきっと世の役に立つだろう。年齢は二十五歳、名前はエルセ・サンドベリ、聖ヨーラン病院の研修医である。髪はボブカットで、丸い眼鏡をかけていた。

「時間を割いていただき恐縮です」とブブランスキーは言った。

「いいえ、かまいません」

彼女を見つけてきたのはソーニャ・ムーディグだ。ストックホルム南駅のバス停の掲示板に、例のシェルパが張り紙をしたらしいという情報を入手したので、そこに部下を何人も配置した。このバス停を日常的に利用している乗客のほぼ全員に話を聞いたと言ってもよかった。

「あまりよく覚えていないとはうかがっていますが、もし思い出せることが何かあれば、どんなことでもわれわれには貴重な情報です」

「読みづらかったんです。行と行のあいだがすごく狭かったし、内容も偏執的な妄想のようで」

「なるほど、無理もない。ですが、それでも思い出す努力をしてもらえると助かります」

「罪悪感にかられて書いたような感じでした」

頼むよ、お嬢さん、きみの解釈は訊いていないぞ、とブブランスキーは考えた。

「何と書いてあったんです？」と彼は尋ねた。

「山に登ったと書いてありましたね。もう一度登った、と。〝ワン・モア・タイム〟って書いてありましたから。でも、視界が悪かった。猛吹雪で、体じゅうが痛くて、寒さに凍えた。もうおしまいだと思った。ところが、悲鳴が聞こえて、それが行く道を示してくれた、と」

「悲鳴というのは？」

「死んだ人たちの悲鳴、だと思います」

「どういうことでしょう？」

「わかりにくい文章だったけど、霊がずっと付き添っていたと書いてありました。ふたつの霊、だったと思います。いい霊と、悪い霊。まるで……」

エルセ・サンドベリがくすりと笑う。彼女が不意に見せた人間らしさを、ブブランスキーはなかなかチャーミングだと感じた。

「『タンタンの冒険』のハドック船長みたい。お酒が飲みたくなるとき、肩の上に悪魔と天使が乗ってるんです」

「なるほど」とブブランスキーは言った。「素晴らしい比喩だな」

「でも、あの文章では、比喩ではなかったと思います。書いた人にとっては現実に起きたことだったのではないかと」

「いや、共感できると思っただけですよ。何かの誘惑にかられたとき、善良な声と邪悪な声がささやきかけてくる」

そう言ってから、ブブランスキーは恥ずかしくなり、続けた。

「で、その悪い亡霊は、何と言ったんでしょう？」

「山の上に彼女を置き去りにしろ、と」

「彼女？」

「ええ、そう書いてあったと思います。女性――マダムなんとか、いいえ、マムなんとかだったか、とにかく女性がひとり山に取り残された。虹の谷の話も出てきましたね。〝レインボー・バレー〟って。死んだ人たちが食べ物を求めて手を伸ばしてくるんだとか。さっきも申し上げたとおり、わけのわからない不思議な内容でした。でもそのあと、なんと、ヨハネス・フォシェルが現われたと書いてあったんです。めちゃくちゃでしょう。その先は読んでいません。バスが来て、運転手と言い争いはじめた人がいたので、そちらに気を取られてしまって。いずれにせよ、その時点でもう、あれを書いた人は妄想型統合失調症だろうな、と思っていました。頭の中の悲鳴が消えてくれないとも書いてありました」

「統合失調症でなくても、そんな気分になることはある」

「どういう意味でしょう？」

確かに、どういう意味だろう？

「つまり……」

「はい」

「私にも覚えがあるということですよ。どうしても忘れられない過去というのは誰にでもある。何年経っても悩まされ、頭の中で呼び声が響く」

「ええ」エルセは前よりも慎重な声で言った。「そうですね」

「ちょっと待ってもらえますか。ひとつ検索したいことがあるので」

エルセ・サンドベリがうなずき、ブブランスキーはパソコンにログインすると、単語三つを組み合わせてグーグルで検索した。それから画面をエルセのほうに向けた。

「見えますか」

「恐ろしい光景ですね」

「でしょう。これがエベレストの〝虹の谷(レインボー・バレー)〟です。私自身、この世界のことはいままで何も知りませんでした。だが、ここ数日でいろいろ読んだので、さっき聞いた瞬間にぴんときた。レインボー・バレーというのはもちろん、ただの通称です。だが、よく使われる表現だし、なぜそう呼ばれているかも納得がいく。これを見てください」

ブブランスキーは画面を指さした。ここまで残酷な話をする必要はないだろうか？　だが、これが深刻な話だということをわかってほしかった。どの写真にも、標高八千メートルを超える地で、死んで雪に埋もれている登山者たちが写っている。その多くは何年も、場合によっては何十年もそこに横たわっているのに、まだしっかり筋肉がついて強靭であるように見える。流れる時の中で凍りついてしまっているのだ。全員が色鮮やかなジャケットを身につけている。赤、緑、黄、青。まわりには、これまた色とりどりの酸素ボンベや、テントの残骸、チベット仏教の祈禱旗などが散らばっている。まさに虹色の風景だ。人間の狂気を示す、おぞましい証でもある。

「これでわかったでしょう」とブブランスキーは言った。「例の張り紙をした人物はかつて、エベレストで山岳ガイド兼ポーターとして働いていたんです」

「本当にそうだったんですね」

「シェルパでした。だから、彼がその言葉を使ったのは、ちょっとおかしいと思えなくもない。レインボー・バレーというのは西洋人の作った言葉で、たちの悪いブラックジョークですからね。だが、それでも彼の記憶には刻まれて、山の霊や神への信仰と組み合わさったのでしょう。これまでに四千を超える人々がエベレストに登っているが、うち三百三十人が山中で亡くなっている。多くの遺体は下ろせないままだ。そんな山に十一度も登った彼が、死者に話しかけられていると感じたのは当然だろうと思います」

「でも……」エルセが口をはさむ。

「まだ話は終わっていません」とブブランスキーは続けた。「エベレストは過酷な場所です。すさまじいリスクがある。たとえば、HACE——高地脳浮腫にやられることもある」

「脳が腫れるんですよね」

「そのとおり、脳が腫れる。こういうことは私より、あなたのほうがよく理解できるでしょうな。脳が腫れてしまって、話をするのも、筋道立てて物事を考えるのも難しくなる。恐ろしい過ちを犯す可能性が出てくる。幻覚が見えるようになって、現実を見失ってしまうことも多い。あなたや私と変わらない、きちんと分別のある人たちが——いや、もちろん私などよりもっとたくましく、恐れを知らない人ばかりだろうが——あの山の上では幽霊を見たり、神秘的な存在を感じたりしている。例の張り紙の男は、いつも酸素ボンベなしでエベレストに登っていました。精神的にも身体的にも、かなりの力を消耗することです。とくに彼が言及していたこの悲劇の際には、何度も山を上り下りして多くの人の命を救うという、すさまじい重労働をなしとげていた。正気を失ってもおかしくないほどの疲労だったはずです。したがって、ハドック船長のように天使や悪魔が見えたとしても、まったくおかしなことではない。まったくね」

「すみません、わたし、敬意を欠いていましたね。そんなつもりではなかったんですが」

エルセ・サンドベリが申しわけなさそうに言った。

「いや、そんなことはありませんよ。それに、おそらくあなたの言うとおりだ」とブブランスキーは答えた。「彼が重い病気だったのは事実で、ほかでもない統合失調症を患っていたのです。それでも重要なことを伝えようとしていた可能性はある。だから、もう一度訊きます。ほかに覚えていることはありませんか？」

「ないんです、ごめんなさい」

「フォシェルについて書かれていたこと、ほかに何か思い出せませんか」

「ああ、そういえば……」

「何です？」

「さっき、その人が人の命を救ったとおっしゃっていましたよね」

「確かに言いました」

「フォシェルは助けられたがっていなかった、と書いてあった気がします」

「どういうことだろうか」

「わかりません。いま、ふと思い出したんです。でも、ひょっとしたらわたしの勘違いかも。そのあとすぐにバスが来たし、翌日にはもう、張り紙はなくなっていたので」

「そうらしいですね」とブブランスキーは答えた。

エルセ・サンドベリが帰ったのちも、ブブランスキーは夢占いをさせられているような不思議な気分で自室に残り、クララ・エンゲルマンの死体の写真を長いこと見つめていた。死体は高山のジェット気流によってヴィクトル・グランキンから引き離され、翌年、アメリカの登山隊によって撮影された。クララは仰向けに倒れていて、何かを乞うように両腕を伸ばしたまま凍りついている。いまだグランキンにしがみつこうとしているかのように。いや、むしろ、母親に向かって腕を伸ばす子どものようだ、とブブランスキーは思った。

山の上で、いったい何があったのだろう？　すでに幾度となく報道されていること以外、何も起きていないのだろうとは思う。が、確実なところはわからない。この件では次々と新たな側面があらわになってくる。たとえば最近判明したところでは、例のシェルパには軍とのかかわりがあるらしく、その件についてセードラ・フリューゲルン精神科病院の医師たちには箝口令が敷かれていた。ブブランスキーは昼過ぎから何度も軍情報局のクラース・ベリィ長官に電話をかけ、この件について説明を求めている。

ベリィは明日の午前中までに遺漏のない報告を上げると約束してくれたが、自分にもわからないことがいくつもあると弁明していた。ブブランスキーは憂鬱になった。諜報機関を頼らなければならないいまの状況が、とにかく気にくわない。自分の面目が立たないとか、連中に見下されるのがいやだとか、そういう話ではなく、捜査が難航するのが目に見えているからだ。必ず主導権を取り返してやる、と彼は固く心に決めた。

そこでパソコンに映し出していたクララ・エンゲルマンの写真を閉じ、スヴァンテ・リンドベリ政務次官にまた電話をかけた。だが、あいかわらず応答はなく、ブブランスキーは立ち上がると、長い散歩に出ることにした。それで思考が少しはクリアになるかもしれない。


スヴァンテ・リンドベリは病院の正面玄関をくぐった。今日はすでに一度ここに来ていて、レベッカには煙たがられたし、再訪する理由もとくにない。が、ヨハネスの意識が戻ったと聞いたからには、彼と話をしなければならなかった。そして……そして、何と言えばいいのだろう?……自分でもわからない。わかっているのは、何としてでもヨハネスを黙らせておかなければならないということだけだ。だから、事態がこれ以上ややこしくならないよう、スヴァンテは自分の携帯電話の電源を切った。

今日はミカエル・ブルムクヴィストが電話をかけてきたが、話すつもりはいっさいないし、ついいましがた、三度目の電話をかけてきたブブランスキー警部とも、話をするつもりは毛頭ない。とにかく冷静でいなければならないのだ。

ブリーフケースには、ロシアの虚偽情報拡散キャンペーンに関する機密書類の束が入っている。これがいま何をおいても重要というわけではなく、ほかに大事な件はいくらでもあるのだが、ヨハネスとふたりきりで話す口実にはなる。ほかの誰にも聞かれてはならない。一秒たりとも。いつもの強さを失ってはいけない。なんとかなる。スヴァンテは自分にそう言い聞かせた。

それにしても、これは何のにおいだろう？　アンモニアだろうか、それとも消毒剤？いわゆる病院のにおいというやつか？　スヴァンテは不安にかられてロビーを見まわした。マスコミの連中がたむろしているのではないか。ブルムクヴィストが目の前に現われて、おまえの恐ろしい秘密を知っているぞと言ってくるのではないか。ところがジャーナリストの姿はなく、いるのは患者とその家族、白衣を着た職員たちだけだ。土気色(つちけいろ)の肌をした男がベッドごと運ばれていく。死にかけているように見える。が、そんなことはスヴァンテの頭からすぐに消えた。

床を見下ろし、外の世界を遮断しようとする。それでも視界の隅にあるものが見えて、彼ははっと振り返った。薬局の脇、ＡＴＭの前に、グレーのジャケットを着たすらりと背の高い女性の背中が見える。

あれ、ベッカじゃないか？　そうだ、間違いなくレベッカ・フォシェルだ。その姿勢にも、前のめりになる様子にも見覚えがある。近寄って挨拶(あいさつ)したほうがいいだろうか？　いや、やめておこう、とスヴァンテは考えた。これはむしろ、ヨハネスとふたりきりで話をするチャンスではないか。機密扱いの情報がどうのと言いわけする必要もない。スヴァンテはエレベーターに向かった。そこで、なぜかまた振り返った。レベッカがひとりではない気がしたからかもしれない。が、すでに彼女の姿はなかった。

見間違いだったのだろうか？　きっとそうだろう。まあ、どちらでもいい。また歩きだそうとしたところで、ATMのそばにある太い柱が目に入った。もしかして、こちらに気づいて隠れたのか？　まさか、そんなことをする意味がわからない。そうだろう？　スヴァンテはそう考えながらもいやな予感に襲われ、柱に向かって歩きだした。初めは躊躇していたが、しだいに歩を速めた。すると、なんと本当に、柱の陰からレベッカのジャケットらしきものがのぞいているではないか。

さらに歩みを速めながら、何と声をかけようかと考えた。怒りの感情も湧いていたかもしれない。隠れるとはどういう了見だ？　だがその瞬間、何かにつまずいて転んでしまった。いったい何が起きたのか、考える間も理解している間もなかった。ただ、何かが動いたのが見え、すばやく遠ざかっていく足音も聞こえて、スヴァンテは悪態をついて立ち上がり、相手を追いかけた。

第三部　二君に仕える

二重スパイとは、ある相手に忠誠を誓いつつ、実はまったく別の相手に仕えている人間である。

初めから任務として敵の組織に入り込み、そこで煙幕を張っている場合もある。途中で政治信条が変わったり、脅迫や誘惑の餌食となったりして、二重スパイ活動に転じる場合もある。

彼らがいったい誰に仕えているのか、最後まではっきりしないこともある。本人すらわかっていないことも。

第二十五章

八月二十七日

カトリン・リンドースはまだ何も食べておらず、少し紅茶を飲んだだけで、フォシェルやエベレストについての資料を読みつつ、マリアトリエット広場であの物乞いに会ったときの記憶を、まるで謎解きをするかのように何度もたどっていた。そうして思い出すたびに、彼の言葉の必死さが増すような気がした。

が、それ以外にもいろいろなものがよみがえってきた。過去の記憶、心の傷、子どものころに旅したインドとネパール、困窮のうちに迎えた旅の終わり。一家は結局、カトマンズを離れてエベレスト山麓のクンブ地方をめざした。父の禁断症状がひどくなったため、さほど山奥までは行けなかったが、それでも山岳地帯に住む少数民族を見かけたことはあった。そして、ミカエルのSMSの内容について何度も思いをめぐらせた結果、あの物乞いのような人をフリーク・ストリートで見たことがあると思っていたけれど、実はクンブ谷のほうで見ていてもおかしくない、という気がしてきた。そこで、前の質問の答えもまだ返ってきていないのに、ふたたびミカエルに質問を送った。

「あの物乞い、シェルパだったの？」

すぐに返事があった。

「きみと話すわけにはいかないよ。😀 ライバルなんだから」

「前のSMSで、もうかなりばらしていると思うけど」

「馬鹿だな、ぼくは」

「で、わたしは敵なのね」

「そうだよ。社説欄のコラムでぼくをこきおろすことに集中したほうがいい」

「ナイフを研（と）いでおきます」

「きみが恋しいよ」

やめてよ、とカトリンは思った。やめてよね。だが不本意ながらも顔がほころんだ。やっと言ってくれた。とはいえ、だからといってすぐに返事をするのは癪（しゃく）だ。代わりにキッチンに行って片づけをし、大音量でエミルー・ハリスの曲をかけた。居間に戻って携帯電話を見ると、ミカエルからSMSがもう一通来ていた。

[会えないかな?]

絶対にいや、とカトリンは思った。絶対にごめんだわ。

そして、こう書いた。

[場所はどこにする?]

[シグナル経由でメッセージするよ]

ふたりはシグナルのアプリに移動した。

[ホテル・リドマルにしよう]とミカエルが提案した。

[わかった]とカトリンは返信した。〝わあ、楽しみ〟とか〝ゴージャスね〟などということは書かずに、ただ〝わかった〟とだけ書いた。

それから着替えをすると、隣人に猫の世話を頼み、荷造りを始めた。

カミラはバルコニーに立ち、肩や両手に雨粒が降り注ぐのを感じている。空は荒れ模様だ。それでも外に出たくてしかたがない。ストランド通りでも、入り江に浮かぶ数々のクルーザーでも、彼女が生きるはずだった人生が進行していて、見ていると、これまでに奪われたすべてを思い出させられる。もう耐えられない。何としても終止符を打たなくては。目を閉じ、額と唇(くちびる)で雨を受け止めながら、夢や期待に没頭して現実を忘れようとした。それでもひっきりなしにルンダ通りへ引き戻される。出ていけと叫ぶ母のアグネータ、ずっと黙りこくっているだけのリスベット。その沈黙で、その決然たる怒りで、全員の息の根を止めようとしているかのようだった。

ふと肩に誰かの手が触れた。ガリノフもバルコニーに出てきたのだ。カミラは振り返って彼を見つめた。その美しい顔に穏やかな笑みが浮かんでいる。ガリノフはカミラを抱擁(ほうよう)し、胸に抱き寄せた。

「私のカミラ」と彼は呼びかけた。「気分はどうだ？」

「好調よ」

「そうは見えないが」

カミラは埠頭(ふとう)に目をやった。

「大丈夫だ、すべてうまくいく」とガリノフが言う。

カミラは彼の瞳(ひとみ)をじっと観察した。

「何かあったの？」

「客が来ている」

「誰？」

「きみの愛すべきチンピラどもだ」

カミラはうなずき、部屋に戻った。マルコともうひとり、ジーンズに安っぽい茶色のジャケットを着たみじめたらしい男が目に入る。殴られたのか、顔に青あざができている。身長は二メートルほどありそうで、不快な太り方をしており、やがてコニーという名であることが判明した。

「コニーから話がある」とマルコが言った。

「じゃあ、どうして本人に話させないの？」

「おれ、ブルムクヴィストのアパートを見張ってたんだ」コニーが言った。

「ずいぶんうまくいったようね」

「襲われたんだよ」マルコが言う。

カミラはコニーの切れた唇を見つめた。

「本当に？」

「サランデルにな」

カミラはロシア語に切り替えた。

「イヴァン、このコニーって男、あなたより背が高いわよね？」

「いずれにせよ体重はこいつのほうが重いな」ガリノフが答えた。「服のセンスもこいつのほうが悪い」

カミラはスウェーデン語で続けた。

「姉は身長百五十二センチで、小枝みたいに痩せている。そんな女に……やられたっていうの？」

「不意打ちだったんだ」

「携帯を盗られちまった」マルコが言う。「で、あの女、その携帯からオートバイクラブの全員にＳＭＳを送りつけてきた」

「内容は？」

「コニーの話を聞け、と」

「聞かせてもらおうじゃないの、コニー」

「サランデルは、ミカエル・ブルムクヴィストを見張るのをやめなければ、オートバイクラブの全員を襲う、と」

「それと、もうひとつ」マルコが口をはさんだ。

「何？」

「どっちにしてもおれたちを襲う、組織を壊滅させてやる、って」

「いいじゃないの」とカミラは言った。冷静さを失わずにいられたのは奇跡的だった。

「いや、あの……」マルコがまた口を開く。

「何？」

「あの女が盗った携帯には、知られちゃまずい情報がたくさん入ってたんだ。正直、かなり心配だ」

「確かに、心配はするべきね」とカミラは言った。「でも、リスベットのことは心配しなくていい。そうよね、イヴァン？」

ガリノフがうなずく。カミラは皮肉と威嚇の表情をくずさずにいた。が、心の中では動揺を抑えられず、ついにはガリノフにあとを任せて自室に閉じこもった。過去のあらゆる記憶が、真っ黒な汚水のごとく彼女に襲いかかってきた。


レベッカ・フォシェルには自分のしたことが信じられなかった。だが、ヨハネスが「あいつに見つかるとまずい」とささやいたのを聞いて、われながら理解しがたい行動に出た。スヴァンテ・リンドベリに足を引っかけて転ばせたのだ。それからヨハネスと連れ立って走り、回転ドアから外に出ると、雨の中を並んでいるタクシーの列に向かった。

ヨハネスは個人タクシーを選んだ。どこの会社にも属さず、容赦のない貪欲さでメーターを着々と上げていく、そんなタクシーだ。

「早く出してくれ」ヨハネスがそう言うと、運転手が振り返った。褐色の肌をした若い男で、髪は巻き毛、眠そうな目をしている。

「どちらまで？」

レベッカはヨハネスを見やった。ヨハネスは何も言わない。

「ソルナ陸橋を渡って、街の中心に向かってください」レベッカは口ごもりながらそう告げた。何か言われたらそのときはそのときだ、そう思った。

だが、返ってきた反応は思いがけないもので、レベッカは大いに安堵（あんど）した。運転手がまったく表情を変えなかったのだ。ヨハネスはこうなることを期待して、あえて個人タクシーを選んだのかもしれない。スウェーデンの社会体制をはずれたところにいる人なら、この国で最も嫌われていた人物の顔も知らないかもしれない、と。とはいえ、これですべてが解決したわけではもちろんない。道を曲がってソルナ教会墓地のそばを通り過ぎたあたりで、レベッカは自分たちがしたことの意味を見きわめようとした。

べつに、そんな大それたことをしたわけではない、と自分に言い聞かせる。夫は精神的にまいってしまいそうになっている。自分は医者だ。病院では人の出入りが激しくて落ち着けないから、遠く離れたどこか別の場所で静養させてやりたい、そう考えたとしても何もおかしくはない。大騒ぎになる前に連絡すればいいだけだ。

「いったい何が起きてるのか教えて。事情もわからないのに、こんなめちゃくちゃなことできない」彼女は小声で言った。

「以前フランス大使館で会った、国際関係学の教授、覚えているかい？」

「ヤネク・コヴァルスキー教授」

ヨハネスがうなずく。レベッカはわけがわからないまま夫を見つめた。ヤネク・コヴァルスキーという人物は、ふたりの人生に何のかかわりもない。名前を覚えていたのはただ単に、彼が言論の自由の限界について論じた記事をたまたま最近読んだからだ。

「そのとおり」とヨハネスが言う。「彼がダーラ通りに住んでいる。泊めてもらおう」

「いったいなぜ？　親しくも何ともないのに」

「ぼくはよく知っているんだ、彼のことを」ヨハネスの返答に、レベッカの不安はつのった。

大使館では初対面のような顔で握手をし、礼儀正しく挨拶(あいさつ)していたのを思い出したのだ。あれが演技だったというのか？　芝居の一幕だと？　彼女は小声で答えた。

「どこに泊まったっていい。何もかも話すって約束してくれるなら」

ヨハネスは彼女をじっと見つめた。

「話すよ。それを聞いてから、どうするか決めてくれ」

「どうするか決める？」

「それでもまだ、ぼくといっしょにいたいかどうか」

レベッカは答えなかった。ただ、前方に延びるソルナ陸橋の先を見つめ、こう言った。

「ダーラ通り。ダーラ通りに行ってください」運転手にそう告げながら、レベッカは限界について考えた。言論の自由の限界も無関係ではないかもしれない。だが、それより何より、愛の限界について、だ。

どんなことがあったら、私はこの人との別れを決意するだろう？

夫が何をしたとしたら——何かしたのであればだが——愛情が消えてなくなるだろう？


カトリン・リンドースはニィトリエット広場を離れ、ヨート通りに出た。生きる意欲が少しは戻ってきている。それにしてもひどい雨だ。すさまじい土砂降り（どしゃぶり）で、カトリンはスーツケースを手に急いだ。いつもながら荷物が多すぎる。まるで何週間も旅行に行くようなありさまだ。とはいえ、何日くらいホテルに泊まることになるのかもわからない。わかっているのは、ミカエルが自宅に帰れないということと、残念ながら仕事にかなりの時間を取られそうだということ、それだけだ。まあ、それは彼女のほうも同じだった。

時刻は夜の九時半で、ふと自分が空腹であることに気づいた。朝食以後、ほとんど何も食べていない。映画館〈ヴィクトリア〉とヨータ・レイオン劇場を通り過ぎる。気分はずいぶん良くなったが、それでも漠然とした不安が消えない。彼女はメドボリアル広場のほうに目をやった。

雨の中で若者が長い列を作っている。何かのコンサートのチケットを買うためだろう。地下鉄の駅に下りようとしたところで、カトリンははたと立ち止まり、振り返って左右を確認した。心配するような要素は何もなかった。過去の影も、インターネットのヘイター（誹謗中傷や憎しみに満ちたコメントばかりする人）らしき人影も、何も見当たらない。彼女は階段を駆け下りて改札を抜け、ホームに出ると、大丈夫、何の問題もない、と自分に言い聞かせた。ほどなく落ち着きが戻ってきた。

中央駅で地下鉄を降りると、ハムン通りをたどって雨の中を急ぎ、クングストレードゴーデン公園を素通りして、ブラシエホルメン地区に出たところで、また不安が襲ってきた。歩くスピードが速まっていく。最後には小走りになって、息を切らしつつホテルのロビーに駆け込み、弧を描いた階段を上がってフロントにたどり着いた。せいぜい二十歳にしか見えないブルネットの若い娘が歓迎の笑みを向けてくる。その笑顔に「こんばんは」と返したところで、階段のほうから足音が聞こえ、カトリンははっとした。ミカエルが何という名前で部屋を予約したのか忘れてしまったのだ。Bで始まる名字だったことは覚えている。ボーマン、ブロディーン、ブロデーン、それともブロムベリだったか。

「あの、部屋を予約したんですが……」カトリンはそこで口ごもった。携帯電話を確認するしか道はない。いかにも怪しげだ。いや、むしろ、だらしがないと言うべきか。まるで自分とミカエルが、何か汚らわしいことにかかわっているような。それでも携帯電話を確かめると、やはり名前はボーマンで、カトリンはその名を告げたものの、声が小さすぎてフロント係には届かなかったらしい。もっと大きな声で言い直すはめになったが、そのとき背後にいる人物のことを思い出し、はっと振り返った。

だが、後ろには誰も立っていなかった。デニムジャケットを着た長髪の男が階段を下りていくところで、カトリンはチェックインの手続きをしているあいだ、ずっとその男のことを考えていた。あの男、一瞬フロントに上がっただけで帰ってしまったのだろうか。変ではないか？　入ってみて高級すぎると思ったのだろうか。単に気に入らなかったとか？　まあ、どうでもいいことだ。

少なくとも、どうでもいいことだと思おうとした。キーを受け取り、エレベーターで上階に上がると、用意された部屋に入り、スカイブルーの寝具に覆われた大きなダブルベッドを見つめた。ふと、これからどうしよう、と考える。結局、入浴することにした。ミニバーから赤ワインの小瓶を出し、ルームサービスでハンバーガーとフライドポテトを注文した。が、食事も酒も風呂も役には立たなかった。動悸（どうき）がおさまることはなく、そのうえ、なぜミカエルは来ないのだろうという不安もつのりはじめた。

ヤネク・コヴァルスキーはダーラ通りになど住んでいなかった。ふたりはただ、ダーラ通りから建物の中庭に入り、そこからヴェステロース通りに出て、また別の共同玄関からそっと目当てのマンションに入った。エレベーターで五階分上がってたどり着いた先は、ずいぶん広々とした部屋で、けっして居心地が悪くはなかったが、散らかって雑然としていた。いかにも独身男らしい住居だ。金も美的センスも充分持ち合わせているが、整理整頓したり物を捨てたりする気力は失くしている、そんな古きよきインテリの住まいだった。

室内にはとにかく、何もかもがたくさんありすぎた。器、置物、絵画、本、ファイル、すべてが多すぎ、しかもあちこちに散らばっている。コヴァルスキー自身は無精ひげを生やし、髪もぼさぼさで、ボヘミアン的な雰囲気を醸（かも）し出していた。大使館で会ったときのようなスーツ姿でないからなおさらだ。年齢は七十五歳くらいだろうか。虫食い穴のある薄手のカシミアセーターを着ている。

「よく来てくれたね。心配していたんだよ」彼はそう言ってヨハネスを抱擁し、レベッカの頬にキスをした。

コヴァルスキーとヨハネスが互いをよく知っていることには、もはや疑いの余地がなかった。ふたりはキッチンで二十分ほどひそひそ話し合ったのち、トレイに紅茶とイギリス風のサンドイッチを載せて出てきた。白ワインのボトルもある。両者とも真剣な表情でレベッカを見つめた。

「親愛なるレベッカ」コヴァルスキーが言った。「きみの夫君に、ありのままを話してほしいと依頼されて、やむをえず承諾したよ。私には向かない仕事だ、それは認めねばならない。だが、率直に話すよう努めるつもりだ。それでも言葉を濁してしまうことがあったら、それは先に謝っておく」

レベッカは彼の口調が気に入らなかった。悲しげであり、媚びているようにも聞こえると思った。だが、緊張しているだけなのかもしれない。紅茶を注ぐ手が震えている。

「まずは、私が立てた真の手柄について話しておいたほうがいいだろうね」とコヴァルスキーは言った。「きみたちが出会ったのは私のおかげなのだよ」

レベッカは驚いて彼を見つめた。

「どういう意味ですか？」

「ヨハネスをエベレストに送り込んだのは私だ。まったく恐ろしいことをしたものだが、あれはヨハネスの望みでもあった。むしろ彼のほうからしつこく頼んできたほどだ。大自然の中で育ったからだろうね。そうだろう？」

「お話がさっぱりわかりません」とレベッカは言った。

「ヨハネスと私は仕事を通じてロシアで知り合い、友好を深めた。彼には特別な才能があると、私は早い段階で気づいた」

「どういう意味での才能でしょうか」

「あらゆる意味でだよ、レベッカ。まあ、たまに少々性急であったり、血気盛んすぎたりすることはあったが、それを除けば実に素晴らしい将校だった」

「では、あなたも軍隊に？」

「私は……」

答えるのに抵抗があるようだった。

「……子どもの時分に英国籍を得たポーランド人だ。両親は政治亡命者で、古きよきイギリスの支援を受けた。そのせいで私は、外務省に勤めるのを義務のように思っていたところがある」

「ＭＩ６ということですか？」

「まあ、必要以上のことは言わないでおこう。いずれにせよ、定年を迎えた私はここに落ち着いた。この国が気に入ったからというだけではない。当時のわれわれの仕事と多少つながりのあるところに、厄介な問題が生じたせいでもあった。というのもだね、レベッカ、ヨハネスと私はあの当時、同じことに関心を寄せていたんだ。それは危険を伴う仕事だった。エベレストのことを抜きにしても、だ」

「その関心事というのは？」

「ＧＲＵを離脱した二重スパイたちだ。実際にスパイをやっている連中、スパイになる計画のある連中。スパイであると思われた連中、も付け加えておくべきだろうね。そんなわけで、ヨハネスと私は協力し合うことになったのだ。スウェーデンの公安警察のある一班が、ＧＲＵの重要人物を懐柔したらしいという情報は、私のグループにも入ってきていた。その重要人物は死後、必要以上に有名になってしまった。きみたちがつい最近かかわった人物のせいで」

「お話がまるでなぞなぞみたいなんですが」

「だから言っただろう。こういうことは苦手なんだ。私が言っているのは、ミカエル・ブルムクヴィストのことだよ。いわゆるザラチェンコ事件を暴露したのは彼だろう。あの件については、すでに充分すぎるほどの情報が公になっている。だが、いちばん大事な情報が抜けている、とは言えるかもしれない。それこそがあの当時、われわれの耳に入ってきた情報だ」

「どんな情報ですか？」

「ふむ、そうだな……何と表現すればいいだろうか。まずは全体を少しさらってみようか。スウェーデンの公安警察内に設けられた特別班が、GRUを離脱した元工作員アレクサンデル・ザラチェンコを、あらゆる手を尽くして全面的に庇護した。そして、その見返りとして、ザラチェンコからロシア軍の諜報機関に関する唯一無二の情報を受け取っていた。と、公安警察の連中は思っていた」

「ありましたね、そんな事件」とレベッカは声を上げた。「そして、その男には確か娘がいた。そうでしょう？　リスベット・サランデル。ひどく気の毒な目に遭った」

「そのとおりだ。基本的にザラチェンコは野放しにされていて、どんなことでも好きにできた。家族に暴力をふるおうと、犯罪帝国を築こうと、いっさいお咎めなしだった。ロシアの秘密を明かしつづけているかぎりはね。大義名分のため、あらゆる良識がないがしろにされた」

「国の安全のため、ですね」

「そこまで大仰な言葉を使うつもりはない。むしろ、何かを独占している優越感、とでも言おうか。情報戦において、自分たちのほうが優位に立ったと思って、公安警察の何人かが我を忘れてしまったわけだ。だが、ひょっとすると、実は優位になど立っていないのかもしれない。私のグループはそう疑っていた」

「どういうことですか？」

「われわれが得た情報によれば、ザラチェンコはまだロシアの側についているということだった。死ぬまでずっと二重スパイとして、スウェーデンの公安警察に与えていた以上の情報を、ＧＲＵに与えていた」

「そんな、なんてこと」とレベッカは言った。

「だろう？　われわれもそう思ったよ。だが、すべてはまだ推測の域を出なかったので、証拠をつかむ方法を探していた。そうこうしているうちに、ある男についての情報が入ってきた。ロシア軍の中佐で、表向きには一般人として、旅行業界の安全コンサルタントを名乗っていた。だが実際には、ＧＲＵの内部調査のため潜入捜査を行なっていたんだ。その過程で、彼は大規模な腐敗に気づいた」

「どのような？」

「何人もの諜報員が、犯罪シンジケート、ズヴェズダ・ブラトヴァとつながっていた。その事実に気づいた彼は、何より怒っているという噂だった。犯罪シンジケートとの癒着(ゆちゃく)が続いていることに激怒し、抗議のしるしとしてＧＲＵを辞(や)め、かねてからの趣味——高所登山に打ち込むことにした、と」

「まさか、グランキンのこと？」レベッカは興奮した声で尋ねた。

「そのとおり、ほかでもない、亡きヴィクトル・グランキン氏だ。彼は実に興味深い人物だった。そうじゃないかい？」

「ええ、それはもちろん、でも……」レベッカは口ごもった。

「きみは医師として彼の登山隊に同行したね。実を言うとあれには驚かされた」

「私自身にとっても驚きでした」レベッカは考え込みながら言った。「でも、あの当時は私にも、ちょっと無茶な冒険心みたいなものがあったんです。そんなときに、オスロで行なわれた学会でヴィクトルのことを知って」

「知っているよ」

「先を続けてください」

「グランキンはきわめて地に足のついた、堅実な男に見えただろう？　素朴で、裏表がないように見えたはずだ。が、実際には並はずれて知能の高い、複雑な性格の男で、しかもほとばしるような激情の持ち主だった。愛国心と、道義心や良識、そのどちらに忠実に生きるかで、心を引き裂かれていたんだ。二〇〇八年二月の時点で、グランキンがザラチェンコの二重スパイ活動やマフィアとのかかわりを知っているという確証がほぼ得られたが、それだけではなく、彼が危うい状況にあることもはっきりしてきた。彼はＧＲＵを恐れており、保護を必要としていた。新たな味方となる友人も必要だった。そこで私は、ヨハネスを彼のエベレスト登山隊に送り込もうと思いついた。あのレベルの冒険をともにすれば、兄弟のような絆と友情が生まれるだろうと考えた」

「そんな、なんてこと」レベッカはまたそうつぶやくと、ヨハネスのほうを振り返った。

「じゃあ、あなたがエベレストに行ったのは、ヴィクトルを西側に引き入れるためだったってこと？」

「もちろん、それが理想的なシナリオではあった」コヴァルスキーが言った。

「でも、じゃあ、スヴァンテは？」

「スヴァンテこそ、この一件における災いの種だった」とコヴァルスキーは続けた。「だが、当時からそうとわかっていたわけではない。あの時点では、ヨハネスが彼の同行を求めるのは大いに理にかなっていた。われわれとしては当然、うちの人間を同行させたかったが、スヴァンテはロシアに精通していたし、スウェーデンの軍情報局でヨハネスと緊密に連携していた。それに何より、登山の経験が豊富だった。手を組むには最適な人物に思えた。幸い――いまこうして振り返ってみると、本当によかったとしか言いようがないが――計画の全貌を彼に伝えることはしなかった。私の名前は明かしていないし、そもそもこれがスウェーデンよりむしろイギリス主導の作戦であることも教えなかった」

「信じられない」とレベッカは言った。いま聞いた話の意味が、ようやくのみ込めたような気がした。「つまり、すべてはスパイ活動だったってこと？」

「そのほかのこともいろいろあっただろう、レベッカ。たとえば、ヨハネスがきみと出会った。だが、そうだね……ヨハネスがエベレストへ行ったのは任務のためで、われわれは事の成り行きを慎重に見守っていた」

「なんて突拍子のない。そんなこととは夢にも思いませんでした」

「このような形で知ることになって、実に申しわけなく思っているよ」

「それで、どうなったんですか？」レベッカは言った。「つまり……山の上であんなことになる前は、どうなっていたんでしょうか」

ヨハネスがあきらめきったように両腕を広げる。またコヴァルスキーが答えた。

「その点について、ヨハネスと私の見解は少々異なっている。私の考えでは、ヨハネスは素晴らしい仕事をした。グランキンとのあいだに彼が築いた信頼関係には、われわれも早い段階で期待をふくらませていた。だが、状況がしだいに緊迫していったのも事実で、しかもわれわれはグランキンにとんでもないプレッシャーを与えてしまった。登頂に挑む前という、ひじょうにデリケートな時期に、彼を利用したわけだから。その意味ではやはり、ヨハネスの意見が正しいのかもしれない。危険すぎる賭けだった。しかし、何より……」

「決定的な情報が欠けていた」ヨハネスが先を続けた。

「そのとおり。残念ながら」とコヴァルスキーが言う。「だが、しかたがないだろう？当時は西側の誰も察知していなかった。ＦＢＩすらも」

「いったい何の話？」

「スタン・エンゲルマンだよ」

「エンゲルマンがどうしたんですか」

「彼は一九九〇年代にモスクワにホテルを建てはじめて以来、ずっとズヴェズダ・ブラトヴァと関係していたんだ。そのことをヴィクトルは知っていたが、われわれは知らなかった」

「なぜヴィクトルは知っていたの？」

「ＧＲＵ時代に知ったらしい。さっきも言ったとおり、彼は潜入捜査が専門だったから、スタンとも協力関係にあるふりをしていた。だが、心の中では人間のクズとみなしていた」

「だからスタンの妻を奪ったわけね」

「ロマンスはおまけのようなものだったのだろう」

「あるいは、そちらのほうが前提だったのかも」ヨハネスが言う。

「私にもわかるように話して」

「ヨハネスが言いたいのはたぶん、クララと恋に落ち、彼女から話を聞いたことで、ヴィクトルは行動せずにいられなくなったのだろう、ということだ」コヴァルスキーが言った。

「行動？」

「ＧＲＵの連中を懲らしめることができないのなら、少なくとも骨の髄まで腐敗しきったアメリカ人のことは追いつめてやろう、と考えたわけだ」

第二十六章

八月二十七日

ときおり、ガリノフに訊かれることがある。いまのきみにとって、彼はどういう存在だ？　彼のことをどう考えている？　カミラはたいてい答えないが、一度だけ、こう言ったことがある――選ばれたと感じたのをいまだに覚えている、と。本当のことだ。

　あのころの彼女にとっては、父親の欺瞞（ぎまん）こそが幸せの源（みなもと）で、決定権があるのは自分のほうだと長らく思い込んでいた。自分が父を夢中にさせているのであって、逆ではない、と。そんな幻想はもちろん、やがて奪い去られ、代わりに深淵が現われた。だが、それでも……高みへ引き上げられたという記憶は残っていて、ときには本能に逆らえない猛獣を許すのと同じ感覚で、父親を許す気持ちになれることもあった。永遠に消えないのはただひとつ、リスベットと母アグネータに対する憎しみだ。いまもストランド通りのマンションでベッドに横になりながら、その憎しみと闘っている。あらゆる絆（きずな）を手放して、新生カミラを創造し、新たに生まれ変わるしかなかった、十代のころと同じように。

外のストランド通りでは雨が降っている。何かのサイレンが響き、足音が近づいてきた。リズミカルで、自信のこもった足音。またガリノフだ。カミラは起き上がってドアを開けた。ガリノフが微笑みかけてくる。この人と自分は、同じ憎しみを、高みへ引き上げられたという同じ感覚を分かち合っている。カミラはそう理解していた。

「こんな状況だが、少しは希望の持てそうな知らせがあるよ」

カミラは答えなかった。

「たいしたことではないんだが」とガリノフは続けた。「取っかかりにはなるかもしれない。サンドハムンでブルムクヴィストといっしょにいた女が、ついさきほど、ストックホルムのホテル・リドマルにチェックインした」

「それで？」

「女はストックホルム在住だろう。なぜホテルに泊まる？　誰かと密会するためだと考えるのが自然だ。自宅でも、相手の家でも会うわけにはいかない相手と」

「たとえば、ブルムクヴィストのような」

「そのとおり」

「これからどうすればいいと思う？」

ガリノフは髪をかきあげた。

「好都合な場所とは言いがたい。あの界隈は、いまのような夜の時間帯でも人が多すぎる。レストランのテラス席もある。しかし、マルコが……」

「またへまをしたの？」

「いや、逆だ。あいつにはよくよく話をしておいた。それで、あいつが車を手配して、角を曲がったところで待機すると言っている。それも救急車だ。やつらの下働きが思いつきで盗んだものだそうだよ。そして、私は……」

「あなたはどうするの、イヴァン？」

「ひょっとすると、私にも果たせる役目があるかもしれない。ボグダノフの言うことを信じるなら、どうやらブルムクヴィストと私には共通の関心事があるようだ」

「共通の関心事？」

「彼も私も、スウェーデンの国防大臣と、その過去の任務に関心を寄せている」

「いいわね」カミラはいくぶん力が湧いてくるのを感じた。「さっそく取りかかって」

レベッカはまだ情報を消化しきれていない。が、消化しようと努めてもいなかった。もっと衝撃的なことをこれから聞かされるのだとわかっていたからだ。

「スタン・エンゲルマンが、妻の参加する登山隊としてヴィクトル・グランキン隊を選んだのは、ヴィクトルを仲間と認識していたからにほかならないと、いまではわかっている」コヴァルスキーが話を続けた。「だが実際には、グランキンはシンジケートを調査する側で、彼の怒りはつのる一方だった。ヨハネスには人を味方に引き入れて信頼関係を築く才能があるから、グランキンもヨハネスには話したいと考えるようになったのだろう、と私は思う。ヨハネスは言ってみれば、グランキンの心に種を蒔(ま)いたのだ。そして、ヨハネスが始めたことを、クララが完成させた」

「どういう意味ですか？」

「クララの力で、ヴィクトルは打ち明け話をして心の重荷を下ろすことができた。ふたりは互いの話を聞いて激昂(げっこう)したことだろう。クララは家で夫にどれほどひどいことをされたかを語り、ヴィクトルはスタンがズヴェズダ・ブラトヴァにかかわっていることを話した」

「愛し合っていたから、話さずにはいられなかったのね」とレベッカは言った。

「ああ、そうなのかもしれない。少なくともヨハネスの説ではそうだ。だが突きつめると、その点はさして重要ではない。問題は、こうしたすべてがはるか遠いマンハッタンにまで伝わったことだ。ふたりはきわめて慎重に行動していたのに」

「誰かが情報を漏らしたということ？」

「それが、例の気の毒なシェルパだった」

「まさか！」

「残念ながら事実だ」

「ニマは告げ口したりしないでしょう」

「告げ口のつもりではなかったと思うよ」とコヴァルスキーは言った。「彼はスタンから追加の報酬を受け取っていた。クララの世話をし、彼女のベースキャンプでの動向を報告するために。彼としては、自分の仕事をまっとうしただけ、という認識だったのだろう」

「それで、ニマは何を知ってしまったんですか？」

「正確なところはわからない。だが、のちに命の危険にさらされるほどの内容ではあった。その点についてはまたあとで話そう。いずれにせよ確かなのは、不倫の件がスタン・エンゲルマンの耳に入ったということだ。それだけでも当然、彼は激怒し、大いに疑念を抱いたが、やがてほかの人間からも情報が入ってきて、スタンは自分が置かれている状況の危うさを悟った。結婚生活が破綻の危機にあるだけではない。ビジネスマンとしての将来もかかっている。場合によっては、自由の身でいられる日数もわずかかもしれない」

「ほかの人間って、たとえば？」

「それはきみにも想像がつくだろう」とコヴァルスキーは言った。「ところで、きみはさきほど、ニマ・リタが告げ口などするはずがないと言ったね。だが、ニマが状況を憂い、腹を立てていたことを忘れてはいけない。あの年は多くのシェルパが同じ気持ちだった」

「彼の信仰のことを言ってらっしゃるんですか？」

「それもあるが、妻ルナのこともある。クララはルナを冷遇していた。そうだろう？　彼がクララに忠実でなかったのには、それなりの理由があるわけだ」

「それはニマに対して失礼だ、ヤネク」ヨハネスが言った。「彼は誰かを傷つけようとしたわけじゃない。ヴィクトルと同じで、二方向への忠誠心のはざまで苦しんでいただけだ。みんなが彼に、あれをしろ、これをしろと命じた。彼は矛盾する命令を受けて、何もかも自分ひとりで背負って、ついには精神的にまいってしまったんだ。あまりに重い荷を背負わされて、結局ほかの誰でもない彼だけが、良心の呵責にさいなまれてつぶれてしまった」

「すまない、ヨハネス。私は現地におらず、遠くから見ていただけだったからね。ここからはきみが説明したほうがいいかもしれない」

「それはどうだろう」ヨハネスは苦々しげだ。

「話してくれるって約束したでしょう」とレベッカは言った。

「ああ。だがニマのせいにされるのは本当に腹が立つんだ。彼はもう必要以上に苦しんだのに」

「ほらごらん、レベッカ。ヨハネスは善良な男だ。そこを疑う必要は微塵もない。彼はいつでも弱者を助けようとする」

「じゃあ、あなたとニマは、傍目に見えたとおり、本当に仲が良かったのね？」

レベッカは不安にかられた声を出していることに自分で気づいた。

「ああ、良かったよ」とヨハネスは答えた。「いざという時になっても仲が良すぎた、と言ってもいいかもしれない」

「どういう意味？」

「これから話すよ」ヨハネスはそう言い、黙り込んだ。

「じゃあ、話してよ」

「うん」と彼は言った。「ほとんどはきみも知っていることとだ。でもその前に、これを話しておいたほうがいいかもしれない——山頂をめざしはじめたころ、ぼくとヴィクトルの関係は徐々に悪化していた。理由がスタン・エンゲルマン絡みだったことはほぼ間違いないと思う。ヴィクトルは、ぼくと親しくなったことも人づてにＧＲＵやズヴェズダ・ブラトヴァに伝わるのではないか、とおびえていた。そうなったらもう終わりが近い。だからぼくはおとなしくしていた。不安を煽（あお）ることだけは何としても避けたかった。安心して頼れる存在になることが、ぼくたちのもくろみだったわけだから。そして、ベッカ、きみも知ってのとおり、ぼくたちは全員、五月十三日の真夜中過ぎに第四キャンプを出た。そのときには最高の条件が揃っているように思われた」

「でも、その後ペースが落ちた」

「ああ、クララの調子が悪くなり、マッツ・ラーセンも変調をきたした。ヴィクトルですら、いつもの彼ではないようだった。ぼく自身はそのとき、そこまで気づいてはいなかったんだ。だがスヴァンテが苛立（いらだ）ちをつのらせて、ぼくを引っぱっていこうとした。ふたりだけで頂上をめざすべきだと言いだした。そうしなければチャンスを逃す、とね。結局ヴィクトルも折れて、そうさせてくれた。ぼくを厄介払（やっかいばら）いできてほっとしていたかもしれない。それで、スヴァンテとぼくは先に進んだ」

「それは知ってる」レベッカはもどかしくなった。

「そうだね、すまない。もう少し手短に説明しよう。ぼくたちはほかのメンバーを置いていったから、登山隊に忍び寄る災厄（さいやく）にはまったく気づいていなかった。ただひたすら上をめざして進み、時間の余裕を持って頂上にたどり着いた。ところが、ヒラリー・ステップから下へ下りているときに、ぼくの調子もおかしくなった。その時点ではまだ空も晴れていたし、風もたいして吹いていなかった。酸素も水もたっぷりあった。でも、時間がどんどん過ぎていって……」

「やがて轟音が聞こえたのよね。爆発のような」

「雲ひとつない空に雷鳴が轟いたんだ。そして北側から、まるで散弾銃の弾のような猛吹雪がやってきた。一瞬にして視界がゼロになった。雪が鞭のように激しく体に当たってきて、気温もがくんと下がった。耐えがたい寒さになって、ぼくたちはよろよろと進んだ。自分の足もろくに見えない状態だったんだ。ぼくは何度も地面に膝をついて、スヴァンテが何度も手を差しのべて助け起こしてくれた。それでもペースは落ちる一方で、時間もどんどん経っていった。夕方になり、日が傾いてきて、ぼくたちは暗くなるのを心配しはじめた。そこでまた倒れてしまったのを覚えている。もうおしまいだと本気で思った。ところが、そのとき、あるものが目に入って……」

「あるもの？」

「輪郭のぼんやりとした、何か青と赤のものが、目の前に現われた。どうかこれが第四キャンプのテントでありますように、少なくとも助けに来てくれた仲間でありますように、とぼくは祈った。それで希望が湧いて、ぼくはまた立ち上がった。で、気づいたんだ。目の前にあったのは、ちっともいいものではなかった。むしろ逆だ。寄り添って雪の中に倒れている人間ふたりだった。その片方は、もう片方よりも小柄だった」

「そんな話、初めて聞くわ」

「ああ、ベッカ、話していないからね。これが地獄の始まりだった」

「さっさと話してよ！」

「話すよ。でも、いまだにうまく説明できない。あのときのぼくは体力の限界を超えていた。もう無理だと思った。そのまま横になって死んでしまいたかった。だから、そのふたりを見たとき、まるで自分がこれからたどる運命を目の当たりにしているような気がした。目の前の光景そのものより、自分の恐怖のほうが強烈だった。それに、自分の知っている人だとは夢にも思わなかった。あの山には何百という死体が放置されている。これもそんな死体だろうと思ったんだ。ぼくは立ち上がり、酸素マスクをはぎ取って、早く下山しなければ、と言った。とにかくここから去らなければ、と。そして、また歩きはじめた。ともかく一歩を踏み出しはした。だが、そのとき、なんとも不思議な直感みたいなものがやってきた」

「どんな？」

「ある意味、感じたことは無数にあった。うちの登山隊が非常事態に陥ったことは無線で聞いていたから、そのことが頭に浮かんだのかもしれない。もちろん、服や何かにも見覚えがあったはずだ。だが何より、小柄なほうの死体にどことなくぞっとするものを感じた。また雪の上に膝をついて、その顔をのぞき込んだのを覚えている。ほとんど見えなかった。ニットキャップの上にフードを目深にかぶっていたし、サングラスもまだかけたままだったし、頬や鼻や口が氷の膜に覆われていた。顔全体が雪に埋もれていた。それでも、ぼくにはわかった」

「クララだったのね」

「そう、クララと、ヴィクトル・グランキンだった。クララは半ば横向きになった状態で、ヴィクトルの腰に腕をまわしていた。このままにしておいてやるべきだと思ったし、そうするつもりだった。それでも、ぞっとするような感覚はどうしても消えなかった。クララは完全に凍りついているようだった。それでもなお、命が完全に消えたわけではないことを物語る、何かが見えたような気がしたんだ。ぼくはクララの体をヴィクトルから離して、顔の雪を払おうとした。だが、払えなかった。硬く凍りついてしまっていたし、ぼくの手にも力が残っていなかった。で、ぼくは結局、ピッケルを出した。とんでもないことを始めたように見えただろうね。クララのサングラスをはずして、彼女の顔にピッケルを突き立てたんだ。氷の破片が飛び散って、スヴァンテが、もうやめろ、さっさと下りるぞ、と叫んだ。それでもぼくは取り憑かれたように氷を割りつづけていて、注意深くやろうとはしたんだが、ぼくの指も凍傷にかかっていて、うまくコントロールできなかった。それでクララの顔を傷つけてしまった。唇のそばと顎に切り傷ができた。その瞬間、クララの顔がぴくりと引きつったんだ。生きている証だとすぐに思ったわけではなくて、たぶん、刺してしまったはずみで動いたんだろうと思っていた。それでも自分の酸素マスクをクララに押しつけた。長いことそうしていた。自分自身も必死で息をしている状態だったし、それで彼女が生き返るなんて、夢にも思っていなかった。ところが突然、クララが息を吸い込んだ。チューブとマスクを見ていてわかったことだ。ぼくは立ち上がり、大声でスヴァンテを呼んだ。だが、彼はかぶりを振るばかりだった。もちろん彼のほうが正しかったんだ。息をしているからといって、どうにかなるとはかぎらない。いずれにせよ死ぬ一歩手前で、しかも標高八千メートルの場所にいる。助かる見込みはない。どうしたって助けられない。彼女を山から下ろすのは無理だし、そもそもぼくたち自身、命の危険にさらされていた」

「でも、助けは求めたのよね？」

「何度も何度も、希望が底をつくまで大声を出しつづけたよ。それから自分がまた酸素マスクをつけたことだけは覚えている。そして、ぼくたちはまた山を下りはじめた。転びながらもよろよろと進んでいると、しだいに現実が遠のいていった。幻覚が見えた。オーレで父が風呂に、母がサウナに入っているところ。ほかにもありとあらゆるものが見えた。そのことは話したよね」

「うん、聞いたことある」

「でも、僧侶の姿も見たことは話していないだろう？　タンボチェで見かけたような仏教の僧侶だ。そして、もうひとり、やはり僧侶のように見えたけれど、それでいてまったく違う人影も見えた。その人影は、山を下りるのではなく、上がっていた。しかも僧侶たちとは違って、この男は本当に存在したんだ。雪をかきわけながらこちらへ向かってくる、ニマ・リタの姿だった」

ミカエルはすっかり遅くなってしまい、カトリンをホテル・リドマルに呼び出したことを後悔していた。別の日にするべきだったのだ。が、つねに理性的な判断を簡単に下せるものではない。カトリンのような女性が相手ではなおさらだ。こうしてミカエルは、雨の中ドロットニング通りをたどり、ブラシエホルメン地区のホテル・リドマルに向かっている。〝あと十分で着く〟というSMSを送ろうとした瞬間、ふたつのことが起きた。メッセージが届いた。が、読んでいる暇はなかった。直後に電話が鳴り、ミカエルはすぐに応答した。今日、電話をかけて連絡を取ろうとした相手はたくさんいて——結局、スヴァンテ・リンドベリにもかけたのだ——そのうちのひとりぐらいはかけ直してくれないだろうかと、ずっとやきもきしていたのだ。ところが電話口で挨拶(あいさつ)してきたのは、その中の誰でもなかった。年配の男で、名乗りもしないので、ミカエルは電話を切ったほうがいいのではないかと迷った。が、切らなかった。電話の相手は、年齢を感じさせはするものの友好的な声で、イギリス訛(なま)りのあるスウェーデン語を話した。

「もう一度お願いします」

「いま、私のマンションで、ある夫婦と紅茶を飲んでいるところだ。ふたりは衝撃的な話の最中で、きみにもぜひその話を聞いてほしいと言っている。できれば、明日の朝にでも」

「そのご夫婦というのは、ぼくの知っている人なんでしょうか」

「きみは大いにふたりの役に立った」

「最近の話ですか？」

「つい最近。海での話だ」

空を見上げると、顔に雨が降り注いだ。

「ぜひ会いたい」とミカエルは答えた。「場所は？」

「さしつかえなければ、詳しいことは別の電話で伝えさせてくれ。きみとはつながりのない、適切な機能のついている携帯電話で」

ミカエルは考えてみた。そういうことなら、カトリンの携帯電話だ。シグナルのアプリも入っていることだし。

「別の番号を暗号化して送ります」と彼は言った。「ですが、まずはそのご夫婦が本当にあなたの家にいて、元気であるという証拠をください」

「元気とは言いがたいかもしれんが」と男は言った。「自分たちの意志でここにいることは間違いない。夫のほうに電話を代わるから、話してみてくれ」

ミカエルは目を閉じ、その場で立ち止まった。レイオンバッケンと呼ばれる坂道、王宮のすぐ脇だ。水路の向こうを見やり、グランド・ホテルや国立美術館を眺める。そのままどのくらい待たされていたか、よくわからない。きっと二、三十秒程度だろう。が、まるで永遠のように感じられた。

「ミカエル」ついに声が聞こえてきた。「何とお礼を言ったらいいか」

「具合はどうですか」

「あのときよりはましだよ」

「あのとき？」

「溺(おぼ)れかけていたときよりは」

間違いない。ヨハネス・フォシェルだ。

「ぼくと話したいそうですね」

「すすんでというわけではないんだが」

「そうなんですか？」

「ただ、妻が――レベッカは、まもなくこの話を最後まで聞くことになるんだが、彼女がそうするべきだと提案したんだ。言われてみると確かに、ほかに選択肢はないように思えた」

「なるほど、わかりました」

「いや、本当にわかってくれているとは思えない。だが、記事を公表する前に内容を読ませてもらうことぐらいは、お願いしてもいいだろうか」

ミカエルは坂を下り、クングストレードゴーデン公園への橋に向かいつつ、しばらくフォシェルの言葉について考えをめぐらせていた。

「あなたの発言を引用した部分については、しっくりくるように直してくれてかまいません。ぼくが突きとめた事実関係についても確認してください。記事の書き方に注文をつけてもいい。聞き入れる約束はできないが」

「筋が通っていると思う」

「それはよかった」

「では明日、よろしく」

「こちらこそ」

ヨハネス・フォシェルが再度礼を言い、さきほどの男が電話口に戻ってきた。ふたりでこれからのことを決めたのち、ミカエルはカトリンの番号を送り、歩くスピードを上げた。心臓が激しく鼓動(こどう)している。思考が頭の中を渦巻いている。いったい何が起きているのだろう？　もっと質問するべきだった。たとえば、なぜヨハネスはカロリンスカ医大病院にいない？　あれほど重症だったことを考えると、こんなに早く退院するなんておかしいんじゃないか？　そして、電話をかけてきたあのイギリス人は誰だろう？

ミカエルには何もわからなかった。ただ、おそらくすべてがニマ・リタとエベレストに関係しているのだろう、とは見当がついた。とはいえ、彼には想像もつかない別のカードが、このゲームに存在する可能性も大いにある。そのカードとは、ロシアに関することだろうか――フォシェルの経歴そのものが、ロシアを指し示している――あるいは、マンハッタンにいるエンゲルマンとのつながりだろうか？

まあ、いま考えてもしかたがない。明日になればわかることだ。ミカエルは激しい興奮を覚えた。これはでかいぞ、と考える。ビッグニュースだ。とはいえ、本当のところは何も判明していない。冷静にならなくては。また携帯電話を出し、シグナル経由でカトリンにメッセージを送った。

すまない、今日はさんざんだったが、まもなくそっちに着く。それと、これも申しわけないんだが、実はもうひとつ頼みたいことがある。まもなくきみのほうに情報が送られてくる。あとで説明するよ。早く会いたい。

それじゃ、あとで

M

これを送信したところで、ミカエルは電話がかかってくる直前にSMSが届いたことを思い出した。開封し、読んでみると、まったく不思議な内容だった。ミカエルがいま抱いている疑問への答えが、そのまま書いてあるかのようで、これはさっきの通話と関係があるのだろうか、それとも敵陣の誰かからなのだろうか、と彼は考えた。もっとも、この件の敵陣とはいったい誰なのかもよくわからないが。内容はこうだった。

小耳にはさんだのだが、二〇〇八年五月にエベレストで起きたことに関心を抱いているそうだね。それなら、そのときにガイドとして登山隊を率い、エベレストで亡くなった、ヴィクトル・グランキンのことを調べてみるといい。公に知られているよりはるかに興味深い経歴の持ち主だ。この一件の鍵はそこにある。グランキンこそ、二〇〇八年秋にヨハネス・フォシェルがロシアから国外追放になった理由でもあった。公式な情報源はひとつもないが、経験豊かなきみなら、グランキンの経歴が捏造された見せかけのものにすぎないことを突きとめるだろう。私はいまストックホルムに滞在しており、宿泊先はグランド・ホテルだ。できれば会って話がしたい。証拠となる書類も持っている。

私は宵っぱりだ。よくないとわかってはいるが、昔からの癖でね。おまけに時差ボケもある。

チャールズ

チャールズ、だと？　いったい何者だ？　アメリカの諜報機関を思わせる名前だが、まったく違うかもしれないし、罠という可能性も充分にある。ちょうど水路の反対側に見えるグランド・ホテルに泊まっているというのがまた不気味だ。しかもホテル・リドマルのすぐ隣でもある。もっとも、裕福だったり重要人物だったりする外国人はたいていグランド・ホテルに泊まるものだが——そういえば、NSA（アメリカ国家安全保障局）のエド・ザ・ネッドも、あそこに泊まっていた。そう考えると、警戒するほどのことではないのかもしれない。

それでもいやな感じは消えなかった。やはりチャールズ氏には待ってもらおう。すでに充分すぎるほどのことが起きているし、さすがにカトリンにも申しわけない。ミカエルはグランド・ホテルを足早に素通りしてホテル・リドマルへ向かい、階段を駆け上がった。

第二十七章

八月二十八日にかけての夜

自分がいったい何を促したのか、よくわかっていないような気もするし、自分や息子たちにどんな影響があるのかもわからない。それでも、進むべき道はほかにない、とレベッカは感じていた。これほどのことを黙っているわけにはいかない。いまは茶色の革の肘掛け椅子にじっと座り、ワイングラスを片手に、キッチンでヨハネスとヤネク・コヴァルスキーが小声で話しているのを見つめながら、考えにふけっている。まだ隠していることがあるのだろうか？　間違いなくあるだろう。それに、これまでに聞いたことが完全に真実かどうかも確信が持てない。

彼らの話には欠けている部分がいくつもあった。それでも、エベレストで何があったかは理解できたと思う。ヨハネスの話は無情なまでに筋が通っていた。自分も、世間も、ほとんど何も知らされていなかったのだ、とレベッカは実感した。当時のベースキャンプでもそうだったし、のちに人々の証言が整理され、事故の全貌が組み立てられたあとになっても、それは同じだった。

ニマ・リタが二度にわたって山を上がり、マッツ・ラーセンとシャルロッテ・リヒターを連れ帰ったことは知られている。だが、その後さらにもう一度上がったことは誰も知らなかった。ニマ自身、インタビューでも事故調査の際にもいっさい言及していない。だが、あの夜、ベースキャンプ・マネージャーのスーザン・ウェドロックがニマと連絡を取ろうとしたのに、結局連絡がつかなかった理由は、これで説明がつく。ニマがまた山を上がっていたからだ。

レベッカの理解が正しければ、その時点で時刻は夜の八時を過ぎていた。日暮れはもう目の前で、すでに耐えがたいほどだった寒さがますますひどくなるのは明らかだった。ニマはそれでも出かけていった。クララ・エンゲルマンとはいろいろあったのに、それでも彼女を連れ帰るため、危険のただ中へ、決死の覚悟でまっすぐ向かっていったのだ。すでにぼろぼろの状態だった。ヨハネスが見た人影は、吹きすさぶ雪の中からよろよろと現われ、嵐の中で頭を低くして進んでいた。もちろん酸素マスクはつけておらず、ヘッドランプの光が吹雪(ふぶき)の中をさまよっていた。

頰はひどい凍傷に蝕(むしば)まれていた。ニマはしばらくヨハネスとスヴァンテに気づいていなかったが、ふたりのほうは、ニマが幻覚ではなく実在しているのだと悟り、まるで天からの贈り物を眺めるような気持ちで彼を見つめていた。ヨハネスは立っているのもやっとで、その夜の三人目の犠牲者になりかけていた。ところが、ニマ・リタはそのことを気にもとめなかった。「マムサヒブを助けなければ」ただ、そう言っていた。「マムサヒブを助けなければ」無駄だ、とスヴァンテが叫ぶ。もう死んでいるんだ。ところがニマは耳を貸さない。スヴァンテがこう怒鳴っても——

「おれたちを見殺しにするのか。生きているおれたちではなく、死んだ人間を助けるのか」

ニマ・リタはそれでも歩きつづけ、斜面を上がっていった。ダウンジャケットをはためかせながら、嵐の中へ消えてしまった。それが引き金になった。ヨハネスはまたもや倒れ、起き上がれなくなった。自分の力ではもちろん、スヴァンテの手を借りても無理だった。それからどうなったのか、どのくらい時間が経ったのかはわからない。ただ、あたりが暗くなり、自分が凍(こご)えきっているということだけはわかった。スヴァンテがさらに怒鳴る。

「くそっ、ちくしょうめが、ヨハネス、おまえを置いていきたくはないが、もう置いていくしかない。すまない。このままではふたりとも死んでしまう」

スヴァンテがヨハネスの頭に手を置いてから立ち上がる。自分はひとり、ここに取り残されるのだ、とヨハネスは理解した。ここで凍え死ぬのだ、と。そのときだ。叫び声が聞こえた。人間のものとは思えない声。そこまで聞いて、レベッカは、これは思ったほど深刻な話ではないのかもしれない、と考えようとした。もちろん、褒められた話ではないだろう。が、人間である以上しかたのないことだ。あの山の上では、常識のものさしは通用しない。別のモラルが存在する。ヨハネスは何も間違ったことをしていない。少なくとも、その時点では。

周囲の状況を把握できないほど弱っていたのだ。だからこそ、そのあとに何が起きたにせよ、ミカエル・ブルムクヴィストのようなジャーナリストに話すべきだと思った。彼ならヨハネスの話を深く掘り下げ、迷宮のように入り組んだ道筋を理解し、心の奥底まで汲み取ってくれるだろう。だが、そうするのが正しいのかどうかもよくわからない。ひょっとすると、まだ聞かされていない話の中に、さらにひどい内容が含まれているのかもしれない。

その可能性は充分にあった。キッチンにいるふたりを見ていると、とくにそう思えてくる――ヨハネスは小声ながらも興奮した様子で話し、ヤネクは首を横に振り、両腕を広げてみせている。まずい。なんと馬鹿なことをしてしまったのだろう。本当は三人とも、死ぬまで黙っているべきなのではないか。息子たちのために。自分自身のためにも。ああ、神さま、お助けください。レベッカは夫を呪った。

〝なぜ私たちをこんな目に遭わせるの？
　よくもそんなことができたわね？〟

　眠っているカトリンが何かつぶやいた。夜はすっかり更けていて、ミカエルは疲労困憊(こんぱい)しているが、とても眠れそうになかった。さまざまな考えが脳内で轟(とどろ)いているし、心臓の鼓動(こどう)も激しい。ちくしょう、とミカエルは頭の中で悪態をついた。もうこの業界に足を踏み入れて長いのに、初めてのスクープを前にした見習い記者よろしく興奮している。寝返りを打ちつつ、カトリンが言ったことにまた思いを馳(は)せた。

「そのグランキンって人も軍人だったんじゃないの？」

「どうしてそう思うんだ？」

「そんなふうに見えた」というのがカトリンの答えだった。いまこうして考えてみると、確かにそのとおりだ。

　彼の醸(かも)し出している雰囲気、背筋をぴんと伸ばした姿勢には、確かに階級の高い将校を思わせるところがある。とはいえ、ふだんなら気にもとめなかっただろう。人は見かけによらないものだ。だが、今夜受け取った謎の〝チャールズ〟からのメッセージも、カトリンの言葉と同じ方向を指し示している。フォシェルがロシアから国外追放になったのはグランキンが原因だ、とまで言っていた。もちろん興味深い情報だ。

メッセージを受け取ったときからずっと、興味深いとは思っているのだが、その点について調べるのは明日の朝、フォシェル夫妻に会う前にしよう、と考えていた。ところが、どちらにしてもいまは眠れそうにない。眠れないのなら、起きたって同じことだ。そうだろう？　カトリンを起こさないよう気をつけさえすればいい。彼女に対してはすでにやましい気持ちでいっぱいだ。ゆっくりと慎重に起き上がり、爪先立ちでベッドを離れると、携帯電話を持ってバスルームにこもった。ヴィクトル・グランキン、とつぶやく。ヴィクトル・グランキンとは、いったい何者なのか？

彼のことをもっと詳しく調べなかったのは、まったくもって失態というほかない。グランキンのことは、今回の件とは何の関係もない、単なるエベレストの山岳ガイドとしか思っていなかった。既婚者の女性と恋に落ち、山で間違った判断を下して、そのせいで命を落とした哀れな男、としか。だがよくよく考えてみれば、確かに彼の経歴は少々整いすぎていたし、どことなく具体性に欠けてもいた。

一流クライマーであったことは確かだ。K2、アイガー、アンナプルナ、デナリ、セロトーレ、それにもちろんエベレストなど、世界各地の困難な山々で登頂を果たしている。だが、それを除けば具体的な情報はほとんどなく、冒険旅行のコンサルタントをしていたという例の話だけが何度も繰り返し語られていた。いったいどういうことだろう？　たいした情報は見つからなかったが、やがてグランキンがロシアの実業家アンドレイ・コスコフと写っている古い写真が目にとまった。コスコフ。どこかで聞いた名前じゃないか？

　そうだ、なんてこった。思い出した。実業家だったコスコフは二〇一一年十一月、ロシアの諜報機関と犯罪組織とのつながりを亡命先で暴露した。そして、それから間もない二〇一二年三月、ロンドンのカムデン地区を散歩中に倒れて亡くなった。警察は当初、不審な点は何もないとしていた。が、その数カ月後、血中からゲルセミウム・エレガンスの痕跡が検出された。これはアジアに分布する双子葉植物で、濃縮したものは心臓を止める毒となりうるため、〝ハートブレイク草（グラス）〟と呼ばれることもある。

　調べを進めてみると、どうやら無名の毒ではないようだとわかった。一八七九年にはもう、なんとあのコナン・ドイルが、この植物について『ブリティッシュ・メディカル・ジャーナル』に寄稿している。とはいえ、それから長いあいだ、ゲルセミウム・エレガンスは歴史からもニュースからも姿を消していた。そして二〇一二年、ふたたび注目を集めることとなった。ＧＲＵを離脱し、アメリカのボルチモアで亡くなったイーゴリ・ポポフという元諜報員の体内からも、同じ毒が検出されたのだ。そこまで読んで、ミカエルははっとした。軍の諜報機関、毒殺の疑い。GRUの諜報活動について調べ、ロシアから追い出されたとされるフォシェル。

これもまた、軍事史の専門家マッツ・サビーンの件と同じで、関連性があるように見えて実はまったく無関係なのだろうか？ それはもちろん、大いにありうる。グランキンが不審死を遂げた人物といっしょに写真に写っている、というだけなのだから。しかし、それにしても……そうだ、例のいまいましい〝チャールズ〟とやらが何か知っているか、確認してみてもいいのでは？ ミカエルは質問を書き送った。

［それで、グランキンという男は、本当は何者だったんだ？］

返信が来るまでに十分ほどかかった。

内容はこうだ――

［GRUの憲兵だった。中佐だ。組織の内部調査に携わっていた］

なんてこった、とミカエルは考えた。なんてこった。とはいえ、こう書かれているというだけで、それが真実と信じたわけではもちろんない。誰とやりとりしているかすら不明なのだ。

ミカエルはこう書いた。

「あなたは何者だ？」

答えはすぐに返ってきた。

「元役人だよ」

「MI6？　CIA？」

「気取った物言いで失礼するが、ノーコメントだ」

「では、国籍は？」

「アメリカ人。残念ながらね」

「ぼくがこの件を調べていることを、どうやって嗅ぎつけた？」

「いやでも耳に入ってくるんだよ、こういうことは」

「マスコミに情報を漏らそうと考える理由は？」

「昔気質だからだろうな」

「どういう意味で？」

「犯罪があったのなら、それを公にして、罰しなければならない」

「そんな単純な話なのか？」

「個人的な理由もなくはないかもしれない。だが、そんなことが重要か？　われわれは、ミカエル、きみと私は、同じことに関心を寄せている」

［じゃあ、何か情報をくれ。これが時間の無駄じゃないことを証明しろ］

五分が経過した。そして、ある身分証の写真が送られてきた。ほかでもないヴィクトル・アレクセイエヴィッチ・グランキン中佐の身分証で、当時のGRUのシンボル、黒地に赤く浮かび上がる五つ葉の徽章も見える。ミカエルが見たかぎり、これはかなり確かな情報に思えた。

彼はこう書いた。

［グランキンとフォシェルには、エベレスト以外にも共通の関心事があったのか？］

［フォシェルはグランキンを仲間に引き入れるためにエベレストへ行った。最終的にはあのような惨憺たる結果になってしまったわけだが］

なんてこった、嘘だろ、とミカエルは小声で口に出した。そして、こう返信した。

［で、そのことをぼくに話したい、と？］

［そうだ。目立たないように、匿名で、というのが条件になるが］

［よし。決まりだ］

［では、いますぐタクシーでここに来てくれ。ロビーで待っている。私のような宵っぱりでも、さすがに眠らなければならないからね。さっさと話を済ませたい］

ミカエルは返信した。

［了解］

軽率だっただろうか？　この男のことは何も知らないのだ。だが彼がいろいろな情報を持っていることは明らかで、ミカエルはフォシェル夫妻に会う明朝までに、できるかぎりの事実関係を調べておく必要があった。だいたい、ここから徒歩一分のグランド・ホテルまで歩くだけだ、危険性などないのでは？　時刻は午前一時五十八分だが、外からはまだ人の声が聞こえる。街は眠っていない。記憶にあるかぎり、グランド・ホテルの前には夜でもつねにタクシーが駐まっているはずだし、ドアマンもきっといる。そうだ、危険があるとは思えない。ミカエルは音を立てないよう気をつけながら着替えを済ませると、部屋を出て、エレベーターと階段を使って地階に下りた。外は雨上がりで濡れている。暗い空は晴れてきていた。

外に出るのはなかなか気持ちがよかった。明かりに照らされた王宮が対岸に見え、遠くクングストレードゴーデン公園のほうではまだ人が歩いている。ここの埠頭にも人の姿が見えて、ミカエルはほっとした。若いカップルが横を通り過ぎる。黒い短髪のウェイトレスが、テラス席のグラスを片づけている。少し離れたところ、バーカウンターの向こうでは、白い麻のスーツを着た長身の男がまだ椅子に座って入江を眺めている。ここは間違いなく平和だ。ミカエルはそう考えて歩きはじめた。が、数歩も進まないうちに、声が聞こえた。

「ブルムクヴィスト」

振り返ると、話しかけてきたのは白いスーツの男だった。六十歳ほどであろう長身の紳士で、髪は銀髪、整った顔立ちをしており、その控えめな微笑みには、夜の闇の中、ちょっとしたからかいの空気が潜んでいるように思われた。記者としてのミカエルの仕事や、その人となりについて、何かひとこと言おうとしているのだろうか。たとえそうだとしても、結局、気の利いた冗談は聞けなかった。

背後から足音が聞こえてぎくりとした瞬間、電気が体を貫くのを感じた。ミカエルはがくりと倒れ、地面に頭を打ったが、なんとも不思議なことに、真っ先に湧き上がってきたのは恐怖でも痛みでもなく、怒りだった。自分を襲った者への怒りですらない。自分自身に腹が立った。ぼくはどこまで馬鹿なんだ？　どうしてこんな。体を動かそうとする。だが、またもや電気が走って、痙攣(けいれん)するように体が震えた。

「大変！　大丈夫ですか？」

ウェイトレスの声だ。たぶん。

「てんかんの発作のようですね。救急車を呼ばなくては」

英語でそう答えたのは、おそらく白スーツの男だろう。彼の声は落ち着いていて、やがて足音が遠ざかっていった。代わりに別の足音がいくつか近づいてきて、車の音も聞こえたような気がした。それからは、あっという間だった。ミカエルは担架に乗せられ、車内へ運ばれた。ドアが閉まり、車が発進して、その拍子にミカエルは担架から床に落ちた。大声を出そうとしたが、体がすっかり麻痺していて、うめき声しか出せない。車がハムン通りを横断するころになってようやく、ふと思い出したあの言葉を、なんとか喉から絞り出した。

「おまえら、いったいどういうつもりだ？　おまえら、いったいどういうつもりだ？」

リスベットは正体のわからない音で目を覚ました。誰かが部屋に忍び込んだのかと焦り、寝ぼけたまま枕元のテーブルに置いてあった銃を手で探した。が、銃をつかみ、室内のあちこちに銃口を向けてから、自分の携帯電話が音を立てているだけだとようやく気づいた。いや、いま、電話から叫び声がしなかったか？

確信はない。妙に時間がかかってから、やっと気づいた――いまの声は、ブルムクヴィストでしかありえない。目を閉じ、大きく息を吸い込んで、頭を整理しようとする。勘弁してよ、とリスベットは考えた。うっかりあの言葉を口にしてしまっただけだと言って。お願いだから。

音量を上げると、電話の中からさまざまな雑音が聞こえてきた。何も起きていない可能性はまだある。乗っている車か、電車の音がしているだけかもしれない。だがそのとき、ミカエルのうめき声が聞こえてきた。次いで、苦しげな息遣いも。どうやらその後意識を失ったらしく、リスベットは舌打ちをして立ち上がり、デスクに向かった。まだノルマルム広場のホテル・ノービスに滞在していて、スヴァーヴェルシェー・オートバイクラブのコニー・アンデションを襲ったのちは、寝るまでストランド通りの例のマンションを見張っていた。そこでは多少の動きがあり、ガリノフがマンションを出ていくのも確認できたが、特別なことだとは思っていなかった。そして、一時ごろ——時計を見ると、ついいましがたのようだ——また今日も何事もなく終わったな、と思いながら、ようやく眠りについたところだったのだ。だが、大間違いだった。

パソコン上では、ミカエルが北へ移動し、ストックホルム市内から出ていくのが見える。連中がいつミカエルのポケットを探り、携帯電話を処分してしまってもおかしくない。ガリノフやボグダノフが関与しているなら、自分たちの足跡を消す方法は心得ていることだろう。だとしたら、ここで手をこまねいて地図上の移動を眺めているわけにはいかない。行動しなければ。リスベットは音声データをさかのぼった。ミカエルの声が聞こえた。

「おまえら、いったいどういうつもりだ？」

その言葉を、彼は二度口にした。明らかに困惑し、ショックを受けた声だった。直後に声は止まってしまったが、呼吸はまだ聞こえていた。薬でも嗅がされたのだろうか？　リスベットは拳でデスクを殴った。このとき車はノルランド通りにあったようだ。ここからそう遠くない。が、そこで襲われたわけではないだろう。リスベットはさらに音声データをさかのぼった。ミカエルの足音と息遣い、「ブルムクヴィスト」と呼びかける声。リスベットの耳には年配の男の声に聞こえた。それに続き、いてっ、という声、深いため息、女の叫び声。「大変！　大丈夫ですか？」

場所はどこだ？

どうやらブラシエホルメン地区のようだ。正確な位置まではわからないが、グランド・ホテルか、国立美術館か、そのあたりだろう。リスベットは警察の緊急通報番号に電話し、その界隈でジャーナリストのミカエル・ブルムクヴィストが襲われたと伝えた。電話を受けた若い男はミカエルの名前に反応し、興奮した声で詳細を尋ねてきた。が、リスベットが答える間もなく、別の声が彼の背後から聞こえてきた。それについてはもう通報があった、と言っている。男がホテル・リドマルの前でてんかんの発作を起こして倒れ、運ばれたということだった。

「運ばれたって、どういうふうに？」リスベットは尋ねた。

電話の向こうでは混乱が起きているらしく、話し声が聞こえた。

「救急車で運ばれたのか？」

「救急車？」

リスベットは一瞬安堵したが、すぐにはっとした。

「あんたたちが救急車を送ったの？」

「そうだと思いますが」

「思う？」

「確認します」

また別の声がいくつも聞こえたが、何を言っているのかまでは聞きとれない。初めの若い男が、明らかに狼狽した様子で電話口に戻ってきた。

「あなたの名前を訊いても？」

「サランデル。リスベット・サランデル」

「救急車は送っていないようなんです」

「じゃあつかまえなさいよ、その車。いますぐ」リスベットは声を荒らげた。

悪態をつき、電話を切ると、いま現在の音声に耳をすました。不自然なほどの静けさだ。

車のうなる鈍い音が響き、ミカエルは苦しげに息をしている。それ以外には何も聞こえず、ほかの連中の気配はいっさいない。とはいえ……ミカエルを連れ去ったのが本当に救急車なら、少なくともそれは手がかりになる。やはりもう一度警察に電話して、大騒ぎしてやるべきだろうか。いや、警察だってさすがにもう、その車を追っているにちがいない。緊急通報センターで働いているのが救いようのない馬鹿ばかりでないかぎり。

こちらとしては、ミカエルの携帯電話から送られてくる追跡シグナルが消えてしまう前に動くしかない。そう考えた瞬間、さきほどの情報にだめ押しするかのように救急車のサイレンが響きだし、何か別の音も聞こえてきた……ガサガサ、という音。おそらく、ミカエルのポケットを手探りしている音だ。何かの動き、あえぐような呼吸。それから、大きな音。たたかれたような、何かがぶつかったような。携帯電話を投げ捨てたのではなく、大型ハンマーでたたき壊したように聞こえた。そして、あらゆる情報が途絶えた。銃声の響いた直後や、停電したときのような静けさが訪れた。リスベットは椅子を蹴った。テーブルにあった古いウィスキーグラスをつかみ、壁に投げつける。グラスは粉々になり、リスベットは声のかぎりに叫んだ。

「ちくしょう、ろくでなしのくそったれが！」

それから頭をぶんぶんと振って気を取り直し、カミラの居場所を確かめた。当然、まだストランド通りにいる。自分の手を汚すつもりは毛頭ないということか？　あのクソ女め、地獄に堕ちろ。リスベットはプレイグに電話をかけると、指示をわめき散らしながら服を着替え、リュックにパソコンと銃、IMSIキャッチャーを入れた。さらに悪態をつきつつウォールランプを蹴り落とし、ヘルメットをかぶってグーグルグラス（眼鏡型の拡張現実ウェアラブルデバイス）をかけてから、広場に飛び出し、そこに駐めてあったバイクで走りだした。

レベッカ・フォシェルは、今夜はひとりで寝かせてほしい、と頼んだ。ヤネクとヨハネスが同じ部屋を使えばいい。だからといって眠れるわけもなく、本だらけの小さな書斎に運び込んだ幅の狭いベッドに横になったまま、携帯電話でニュースを読んでいる。ヨハネスが病院からいなくなったことはいっさい報じられていない。安全な回線でクラース・ベリィに電話して、ヨハネスは自分が看病していると告げたのが功を奏したのかもしれない。ベリィには諄々と諭されたが――いや、脅された、と言うべきか？――すべて聞き流した。あの男にはわかっていないのだ。いまの状況において、彼の脅しがどんなにちっぽけに聞こえるか。

クラース・ベリィのことも、軍のほかの人たちのことも、どうでもいいとしか思えなかった。いまはとにかく、今夜聞いた話の重大性をきちんと理解したい。なぜ自分はいままで何も気づかなかったのだろう、という疑問もある。真相はあらゆるところに表われていた。いまならそれがよくわかる。ヨハネスがベースキャンプで精神的にひどくまいっていたことも、そのとき何も話そうとしなかったこともそうだ。当時はよく意味がわからなかったけれど、いまこうして思い返して組み合わせてみれば、全貌が新たに見えてくる、そんな細かい出来事がいくつもあった。たとえば、いまから三年近く前の、十月の夜。ヨハネスは国防大臣に就任したばかりで、息子たちが寝入ったあと、ふたりはストックスンドの自宅でソファーに座っていた。そのときヨハネスが、クララ・エンゲルマンの名前を、それまでとは違う不穏な声色で口にしたのだ。

「彼女、どんなことを考えていただろうな」

「いつの話？」

「置き去りにされたとき」

レベッカはそのとき、何も考えていなかったと思うよ、と答えた。おそらくすでに死んでいたのだろうから。だが今夜、レベッカはヨハネスがあのとき言いたかったことを理解した。それは彼女には重すぎる真実だった。

第二十八章

二〇〇八年五月十三日

一度目に置き去りにされたとき、クララ・エンゲルマンは本当に何も考えていなかった。体温は二十八度まで下がり、心臓もゆっくりと、まばらにしか打っていなかった。自分を置いて去っていく足音も、うなる暴風の音も聞こえていなかった。

すでに昏睡(こんすい)状態で、自分がヴィクトルの体に腕をまわしたことも、そもそも抱擁(ほうよう)している相手が彼だということすらもわかっていなかった。最終的な防御メカニズムとして、体の機能がシャットダウンした状態だった。もうすぐ死ぬ。間違いない――少なくとも、そのときは間違いなかった。ある意味、こうなることを望んでいたような気もした。

夫のスタンは彼女をあからさまに軽蔑していて、浮気を隠そうともせず、十二歳の娘ジュリエットも心のバランスを失っていた。クララはそうしたすべてから逃げて、はるばるエベレストまでやってきた。そしてここでも、いままでずっとそうしてきたように、明るく楽しげに振る舞っていたが、実際には深刻な鬱状態だった。ようやく生きがいらしきものが見つかったのは、ここ一週間のことだ。ヴィクトルへの愛だけではない。ついにスタンを追いつめて、再起不能にしてやることができるのではないか。そんな希望を抱きはじめたのだ。

強さが戻ってきたような気がしていた。頂上をめざしたこの日もそうだった。とても栄養があるというブルーベリースープをたくさん飲みもした。にもかかわらず、いくらもしないうちに不思議なほど体が重くなり、目を開けていられなくなった。どんどん寒くなって、ついにその瞬間が来た――ばたりと倒れてしまったのだ。意識が遠のき、予想外の嵐が北からやってきたことにも、その嵐で登山隊の全員が危機に陥ったことにも、まったく気づかなかった。ただ、暗闇と静寂の中で、時間が刻々と過ぎていった。何も聞こえていなかった。顔にピッケルを突き立てられるまでは。

とはいえ、何が起きているのかを理解したわけではない。ただ、カツカツと氷をたたく音が聞こえた。近い。かなり近い気がする。それでいてはるか遠く、まるで別世界の出来事のようでもあった。いずれにせよ……やがて、空気がまた気管を通るようになり、人の足音が去っていったあと、クララの目が開いた。奇跡と言っていいだろう。もうとっくの昔に死んでいてもおかしくなかったのだから。だが、もう助からないと宣告を受けたはずのクララ・エンゲルマンはいま、あたりを見まわしている。初めは何が何だかわからず、ただ、自分がいるこの場所は一種の地獄だ、とだけ思った。が、しばらくすると少し記憶が戻ってきて、彼女は自分の脚と登山ブーツに目をやった。それから、腕が一本見えた。誰の腕かはわからなかった。意識が朦朧(もうろう)としていたからというだけではない。その腕は、腰の上あたりで固まったまま、まるで宙に浮かんでいるようだったのだ。やっと理解したクララは、その腕を動かそうとした。動かなかった。腕は死んでいた。全身が凍りついている。それでもなお、彼女を立ち上がらせるに足る、ある出来事が起きた。

クララの目の前に、娘の姿があった。触れられそうなほどにはっきりと見えた。四回、五回と起き上がろうとしたクララは、ふと気づくと立っていて、凍りついて固まった両手を前に突き出し、まるで夢遊病者のように斜面をよろよろと下りた。どちらが右でどちらが左かもろくにわからず、ただ聞こえてくる絶叫、人間のものとは思えない悲鳴に導かれて歩いた。その声が道を示してくれているような気がしたのだ。三十分経ってやっと、それが自分の悲鳴だということに気づいた。

ニマ・リタは、昔からずっと精霊や亡霊の棲家(すみか)だと信じてやまない風景の中にいる。だから悲鳴のことは気にもとめなかった。好きなだけ叫べばいい、と彼は思った。いくらでも叫んでくれ。それにしても、自分はいったいなぜ、またこんなところまで上がってきたのだろう？　われながら信じられない。クララの姿はこの目で見たし、最後の挨拶もすませたではないか。もう助かる見込みはないのだ。が、ほかの人たちの意見を聞き入れすぎて、置き去りにしてはいけない人を置き去りにしてしまった、という自覚もあった。自分がここで死のうと死ぬまいと、もはやどうでもいいという気もした。大事なことはただひとつ、けっしてあきらめない姿勢を見せることだ。死ぬのなら、少なくとも矜持を失うことなく死にたい。

人としての限界を超えるほどに疲労し、ひどい凍傷を負っている状態で、しかも視界はほぼ皆無だった。聞こえるのは、吹雪の音と、雪煙の中で響きわたる絶叫だけだ。だが、それがマムサヒブの声だとは夢にも思わなかった。少し休もうと立ち止まったところで、足音も聞こえてきた。踏まれた雪のきしむ音が、徐々に近づいてくる。

そして、両腕を前に突き出して歩く亡霊が目に入った。生者の世界から何としてでも贈り物を受け取ろうとしているかのような——パンのかけらか、わずかな慰めか、それとも祈りの言葉か。ニマが近寄った直後、亡霊は不可解なほどの重さで彼の腕の中に倒れかかってきた。ふたりとも倒れて雪の上を転がり、ニマは頭を打った。

「助けて、わたしを助けて、娘のもとに戻らなければ」と亡霊が言い、ニマはようやく理解した。
すぐにわかったわけではない。頭の混乱した状態で少しずつ理解して、最後には疲れきったニマの体をひとすじの歓喜が貫いた。マムサヒブだ。本当に彼女だ。どう考えても山の女神が味方してくれたとしか思えない。自分がどれほど頑張ったか、どれほどの痛みとつらさに耐えてきたか、女神は見ていてくださったのだ。大丈夫だ、すべてうまくいく。ニマはそう思い、最後の力を振りしぼってクララの腰を抱きかかえ、彼女を立ち上がらせた。そしてふたり連れ立ってよろよろと山を下った。そのあいだもクララは叫びつづけ、ニマもますます現実が認識できなくなっていった。

ニマの顔は異常にこわばり、黒く変色していた。まるでここではない別の世界にいるように見えた。それなのに、さすがと言うべきか……彼はしっかりとクララを支え、苦闘を続けていた。恐ろしいほどに力を振りしぼっているのが息遣いでわかる。クララはどうか娘のもとに帰れますようにと神に祈り、絶対にあきらめないと繰り返し誓った。絶対に、何があっても、もう倒れたりしない。いまも、これからも。大丈夫、きっと帰れる。クララはそう考えた。

一歩進むごとにますます強く、自分に言い聞かせていた――ここから生きて帰れたら、あとは何だってやれるのだ、と。その直後、山の下のほうにかすかな人影がふたつ見えて、クララはさらに励まされた。

〝もう大丈夫。

やっと安全なところまで来られた〟

第二十九章

八月二十八日

カトリンは朝の八時半、ホテル・リドマルのダブルベッドで目を覚ますと、ミカエルを引き寄せようと手を伸ばした。が、ミカエルはそこにおらず、カトリンは彼の名を呼んだ。

「ブロムステルクヴィストさん？（〝ブロムステル〟は花の意）」

昨晩カトリンが思いついた、ばかばかしいニックネームだ。彼女の話をミカエルがまったく聞いていないことに気づいて、「ねえ、頭に釣鐘草（つりがねそう）の花が咲いてるよ、ブロムステルクヴィストさん」と言った。ミカエルも少し笑っていた。が、そのときを除けば、ミカエルはずっと、どうしようもなく自分の殻に閉じこもったままだった。まあ、気持ちはわからなくもない。国防大臣との単独インタビューを控えているのだ。会見は極秘中の極秘らしく、カトリンの携帯電話に暗号化された指示が送られてきた。ミカエルと意思の疎通を図りたければこのインタビューの話をするしかなく、それならなんとか会話になった。ミカエルからは、『ミレニアム』編集部で働かないか、と誘う言葉まで飛び出した。その直後、カトリンはようやく彼のシャツのボタンを、いや、それ以外のボタンもすべてはずして、ベッドに誘い込むことができたのだった。そのあとは、どうやら眠ってしまったらしい。

「ブロムステルクヴィストさん」カトリンはもう一度呼んだ。「ミカエル？」

彼の姿はなく、時計を見ると、思ったよりも遅い時間だった。もうとっくの昔に出かけたのだろう。すでにインタビューを始めているかもしれない。カトリンは自分が目を覚まさなかったことに驚いたが、不思議なほど深く眠ってしまうことがときどきあるのは事実だし、それに外も静かだった。車の音すらほとんどしない。そのままじっと横になっていると、携帯電話が鳴った。

「もしもし」

「レベッカ・フォシェルと申します」電話の向こうの声が言った。

「あら、どうも」

「心配になってしまって」

「ミカエルはそちらじゃないんですか？」

「もう三十分の遅刻です。携帯の電源は切れているみたいで」

「おかしいですね」とカトリンは言った。

いや、おかしいどころの騒ぎではなかった。ミカエルのことを熟知しているとはまだとても言えないが、これほど大事なインタビューに三十分も遅刻するような人ではないはずだ。

「じゃあ、あなたも彼の居場所をご存じないんですね？」レベッカ・フォシェルが尋ねた。

「今朝起きたときには、もう出かけたあとでした」

「ということは、出かけはしたんですね？」

レベッカの声を恐怖がさっとよぎった。

「心配だわ」とカトリンは言った。

いや、ぞっとする、と言ったほうが正しいかもしれない。背筋が凍りそうだ。

「心配する理由が、何かほかにあるんですか？」とレベッカが尋ねてきた。「遅刻しているということ以外に」

「それが……」

思考があてもなく脳内をさまよう。

「何ですか？」

「あの人、ここ数日は家に帰れないと言っていました。誰かに見張られているから、と」

「それは、ヨハネスとかかわったせいなのかしら?」

「いえ、そういうわけではないと思います」

どこまで明かしていいかわからない。結局、率直に話そうと決めた。

「彼の女友だちに関係することです。リスベット・サランデル。それ以上のことは私も知らないんですが」

「そんな、馬鹿な」

「えっ? どうしてですか?」

「話せば長いんです。そういえば……」

レベッカ・フォシェルはためらった。声に動揺が表われている。

「何でしょう?」

「あなたがヨハネスについて書いてくださった記事、よかったわ」

「ありがとうございます」

「ミカエルがあなたを信用するのもよくわかります」

昨晩、カトリンは自分の名誉と誇りにかけて、この件は誰にもひとことも話さないと誓わされたのだが、そのことはレベッカに言わなかった。ミカエルに信用されていないと感じることも何度もあったが、それについても黙っていた。ただ、小声でこう答えた。

「ええ」

「ちょっと待っていただけますか？」

カトリンは待った。が、すぐに後悔した。ここでじっとしていてはいけないのでは？何かしなければ。警察に通報するとか。エリカ・ベルジェにも連絡したほうがいいかもしれない。レベッカ・フォシェルがやっと戻ってきたときには、危うく電話を切る寸前だった。

「あなたもここに来ていただくことはできないかしら」

「警察に電話しなきゃならないような気がするんですが」

「それは、していただいたほうがいいと思います。でも、私たちには……ここにいるヤネクもですが……詳しい事情を調べることのできる人脈があるので」

「どうかしら」

「あなたもここに来るのがいちばん安全だと思う。車を出しますから、住所を教えていただけますか」

カトリンは唇(くちびる)を噛(か)んだ。フロントで背後にいた男のことを思い出す。ホテルに来るとき、足音が追いかけてきている、と感じたことも思い出した。

「わかりました」と言い、住所を告げた。

が、それ以上は何もできなかった。部屋のドアをノックする音がしたのだ。


ヤン・ブブランスキーはたったいま、スウェーデン通信に電話をかけ、一般市民からの情報提供を期待してニュースを流したところだ。早朝から力を尽くして捜索しているにもかかわらず、ミカエル・ブルムクヴィストの行方はいまだつかめていない。昨晩遅く、何時間かホテル・リドマルに滞在していたことはわかっているが、誰ひとり、フロントのスタッフですら、彼の姿を見ていなかった。

夜中の二時すぎにホテルを出たことは判明している。ほんの一瞬だが防犯カメラに映っていて、あまり鮮明な映像ではないものの、そこでのブルムクヴィストは間違いなく元気そうだった。おそらく素面(しらふ)で、やや興奮しているのか、腿(もも)をパタパタと手でたたいていた。ところがその直後、実に不吉なことが起きている。防犯カメラの映像がふっと切れたのだ。カメラが急に動かなくなった。とはいえ、幸いなことに目撃証言がある。おもな目撃者はアグネス・ソールベリという名の若いウェイトレスで、ちょうどそのときテラス席を片づけていたという。中年の男がホテルから出てくるのを見た、とアグネスは語った。

彼女はそれがミカエル・ブルムクヴィストだとは気づかなかった。が、もっと年配のすらりとした紳士が彼を呼び止めた声を聞いた。紳士は白いスーツを着ていて、テラス席の端、道路に近いところに、アグネスに背を向ける形で座っていたという。その直後、すばやい足音が聞こえ、うめき声か、ため息のようなものも聞こえた。振り返ると、もうひとり別の男の姿があった。もっと若くて体格のいい、革ジャンにジーンズ姿の男だった。アグネス・ソールベリは初め、きっと通りがかりの親切な人が救助に駆け寄ったのだろう、と思った。ブルムクヴィストが——というより、あとからブルムクヴィストとわかったわけだが——アスファルトの上に倒れるのが見えたからだ。〝てんかんの発作〟だというイギリス英語も聞こえた。アグネスはそのとき携帯電話を持っていなかったので、救急車を呼ぶため店内に駆け込んだ。

そのあとどうなったかについては、ほかの目撃者から証言が得られた。たとえば、クリストッフェションという名の夫婦が、ホーヴスラーガル通りから救急車が走ってきたところを目撃している。ブルムクヴィストは担架（たんか）で救急車に運び込まれたそうで、ふつうなら不審に思うことはなかっただろう。だが、患者の取り扱いがどうも雑な気がした、と夫妻は言った。道にいた男たちが救急車に飛び乗ったときの様子も〝不自然に感じられた〟ということだった。

救急車は六日前にノシュボリで盗まれたものであることが判明した。その後、サイレンを鳴らしながらクラストランド街道や高速E4号線を北に向かっているところを目撃されているが、ほどなく忽然と消えてしまった。犯人たちは車を替えたにちがいない、とブブランスキーの捜査班はみている。が、確実なことは何も言えない。とはいえ、ひとつはっきりしているのは、リスベット・サランデルも緊急通報番号に電話をかけてきた、という事実だ。ブブランスキーはそのことも気になった。

なぜリスベットがそんなに早く事件を知ったかという疑問もあるが、それだけではない。ミカエルが襲撃されたのはリスベットが原因だという推測が、これでさらに確固たるものとなった。本人とも直接話をしてみたが、胸騒ぎがおさまることはなかった。彼女が連絡してくれたことはもちろん感謝している。どんな小さな情報でもありがたい。が、リスベットの声の調子が気に入らなかった。彼女の怒りが、どくどくと脈打つ激情が伝わってくる。ブブランスキーが何度こう言い聞かせても無駄だった。

「きみはかかわるな。われわれに任せてくれ」

その言葉はリスベットには届いていないようだったし、彼女がすべてを話してくれたとも思えなかった。おそらく独自の作戦を進めている最中なのだろう。電話を切ったとき、ブブランスキーは悪態をつかずにはいられなかった。そしていま、部下のソーニャやイェルケル・ホルムベリ、クルト・スヴェンソン、アマンダ・フルードと集まった会議室で、またもや悪態をついた。

「何だって？」ブブランスキーがうなるように訊き返す。

「サランデルは、ブルムクヴィストが襲われたことを、どうやってそんなに早く知ったんだろうか」とイェルケルが言った。

「言わなかったか？」

「ブルムクヴィストの携帯に仕掛けをしたからだとは聞いたが」

「そのとおり。リスベットが仕掛けをした。本人の許可を得たうえでな。だから彼の携帯を盗聴したり、居場所を確認したりすることができた。少なくとも、犯人どもが携帯を壊してしまうまでは」

「私が言いたいのはむしろ、なぜサランデルはそんなにすばやく行動を起こせたのか、ということだよ。まるで……何と言うか、こういう事件が起きるのを待ちかまえていたかのようだ」

「本人の弁によれば、危惧(きぐ)はしていたそうだ」とブブランスキーは答えた。「最悪の場合、そういうこともありうるだろう、と。スヴァーヴェルシェー・オートバイクラブは、ベルマン通りでもサンドハムンでもミカエルを監視していた」

「だが、スヴァーヴェルシェーが拉致(らち)に関与している証拠はまだつかめていない、と」

「今朝、総長のマルコ・サンドストレムを電話でたたき起こしたが、大笑いされたよ。ブルムクヴィストを襲うなんて自殺行為だと言っていた。いま、ほかのメンバーの足取りも追っているところだ。彼らには監視をつける。だが、いまのところ誰ひとりとして事件にかかわった証拠はない。連絡のつかないメンバーが複数いる、というだけだ」

「ミカエルがなぜホテル・リドマルにいたかも、まだわからないんですね？」アマンダ・フルードが言った。

「さっぱりわからん」とブブランスキーは答えた。「ホテルにも捜査員を送った。だが、ミカエルはここ最近、ほとんど人と話していなかったようなんだ。『ミレニアム』編集部のスタッフでさえ、彼が何をしていたのか知らなかった。いちおう休暇中ということになっていた、とエリカ・ベルジェは言っている。が、どうやらシェルパの事件を取材していたらしい」

「フォシェルと関係があるかもしれない事件のことですね」

「そのとおり。きみらも知ってのとおり、それで軍情報局が神経をとがらせている。公安警察もだ」

「外国の絡(から)んだ作戦という可能性は？」クルト・スヴェンソンが尋ねた。

「監視カメラがハッキングされたことを考えると、その可能性はあるな。盗まれた救急車が使われたというのも気にくわない。ずいぶんと挑発的だし、それに何より……」

「……サランデル絡みだろうという疑いが強まる」ソーニャ・ムーディグが続けた。

「それはわれわれみんな疑っているだろう」イェルケルが言う。

「そうかもしれんな」ブブランスキーはそう言って、また考え込んだ。リスベットは自分に何を隠しているのだろう、とあらためて思った。


リスベットは、ストランド通りのマンションのことは警察に話さなかった。カミラの足取りを追えばミカエルの行方もわかるだろうと期待しているので、警察にその可能性をつぶされたくなかった。が、いまのところカミラはまだ、マンションから一歩も出ていない。ひょっとして、リスベットと同じものを待っているのだろうか。リスベットが待ちながら、同時に恐れているもの――拷問を受けているミカエルの写真や映像と、人質交換の要求。ミカエルを解放する代わりに、こちらの身柄を要求されること。いや、それよりもっと恐ろしいのは、死んだミカエルの写真が送られてくることだ。そして、リスベットが自ら出向かなければ、彼女のまわりにいる人々を殺す、と脅されること。

リスベットは夜が明ける前に、アニカ・ジャンニーニ、ドラガン、ミリアム・ウー、ほか数名に連絡を取り、誰も存在を知っているとは思えないパウリーナにまで連絡して、安全な場所にいるよう忠告した。もちろん楽しい作業ではなかった。が、やらなければならないことはやったつもりだ。

リスベットは窓の外に目をやった。どんな天気かが見える。どうやら晴れているらしい。が、吹雪いていてもおかしくない。彼女の目にはろくに入っていなかった。とにかくミカエルの行方がさっぱりわからない。北に向かったようだということだけはわかったので、さしあたりストックホルムの北にあるアーランダ空港のホテル・クラリオンにチェックインした。が、部屋の様子もホテルの様子も、何ひとつ認識していない。そのうえ一睡もしていなかった。

ただ何時間もデスクに向かい、手がかりを、取っかかりを探していた。夜明けからしばらく経ったいまになってようやく、パソコンがシグナルを発し、リスベットはびくりとして立ち上がった。カミラがストランド通りのマンションを出たのだ。よし、その調子、とリスベットは頭の中で言った。そのままドジを踏んで、わたしをミカエルのところまで連れていきなさい。とはいえ、そんなにうまくいくわけがない、とも思っていた。それではあまりに都合がよすぎる。カミラにはボグダノフがついている。ボグダノフの能力はプレイグと同レベルだ。

したがって、妹が本当に自分をどこかへ導いてくれたとしても、それが突破口になるとはかぎらない。罠の可能性も充分にある。リスベットを見当違いの場所へおびき出し、遠ざけておく作戦かもしれない。あらゆる可能性を想定しておく必要があった。いや、でも、これは……リスベットは地図を凝視した。妹の乗っている車は、昨晩の救急車と同じ経路をたどっている。高速E4号線に出て、北に進んでいるのだ。これは期待できるかもしれない。そう考えていいだろう。リスベットは荷物をまとめ、フロントに下りてチェックアウトを済ませると、愛機カワサキに乗って走りだした。

カトリンはバスローブをはおり、ドアを開けた。そこに立っていたのは、制服を着た警官だった。金髪をサイドに流した若い男で、薄目でカトリンを見ている。彼女は不安になって「おはようございます」とつぶやいた。

「このホテルの滞在客で、ジャーナリストのミカエル・ブルムクヴィストを見かけたり、彼と話をしたりした人を捜しているんですが」と警官に言われた時点で、カトリンはすでに察した。この人は、わたしを疑っている。敵意を抱いていると言ってもいい。

警官は自信たっぷりな目をしていて、背の高さや体格の良さを見せつけるかのように、ぴんと背筋を伸ばしている。

「何があったんですか？」とカトリンは尋ねた。その声には言うまでもなく恐怖が表われていた。

警官が一歩詰め寄ってきて、カトリンを頭から爪先(つまさき)までまじまじと眺めた。この目つきは知っている。街中で何度も受けたことのある視線だ。彼女の服を脱がせ、傷つけようとする視線。

「名前は？」

これも挑発するための質問だ。相手が自分を知っていることは顔を見ればわかった。

「カトリン・リンドースです」

警官はその答えをメモ帳に書きとめた。

「ブルムクヴィストに会いましたね？」

「はい」とカトリンは答えた。

「いっしょに夜を過ごしたんですか？」

関係ないでしょ、とカトリンは叫びたくなった。が、恐怖にかられたままだったので、その質問にも「はい」と答え、室内に入った。そして、自分が今朝起きたとき、ミカエルはもう留守だったのだ、と説明した。

「偽名で宿泊したんですか？」

カトリンは努めてゆっくり息をついた。話が通じる相手ではない気がする。いまも勝手に部屋の中に入ってきているし。

「あなたに名前はないんですか？」

「えっ？」

「自己紹介してもらった覚えがないんですけど」

「ノルマルム署のカール・ヴェルネションです」

「そうですか、では、カール」とカトリンは言った。「まずはいったい何があったのか説明してもらえませんか？」

「ミカエル・ブルムクヴィストが昨夜、このホテルの外で襲われ、拉致されたんです。きわめて深刻な事態です。それは理解していただけますね？」

カトリンは四方の壁が迫ってきたように感じた。

「そんな」

「ですから、その前に何があったのか、正直に話してください。ひじょうに重要なことです」

カトリンはベッドに座り込んだ。

「ミカエルに怪我（けが）は？」

「それは不明です」

カトリンは黙って相手を見つめ返すことしかできなかった。

「質問に答えてもらっていませんが」

心臓が激しく鼓動し、カトリンは慎重に言葉を探した。

「ミカエルは今朝、大事なミーティングに行くはずだったんですが、ついさっき、来ていないと連絡がありました」

「何のミーティングですか?」

カトリンは目を閉じた。なんと馬鹿なことを言ってしまったのだろう。インタビューのことはひとことも漏らさないと誓ったのに。だが、おびえきって動揺しているいま、脳がきちんと機能していないことは明らかだった。

「それは言えません。情報提供者の身元をいま明かすわけにはいかないので」

「警察に協力しないおつもりですか?」

空気が吸えなくなったような気がして、カトリンは逃げ道を探すかのように窓の外へ目をやった。が、助け舟はカール・ヴェルネションのほうからやってきた。彼に胸を凝視されていることに気づいたのだ。それで激しい怒りが湧いてきた。

「もちろん協力はするつもりです。でも、情報提供者の保護について基本的な知識のある人でなければ、話はできません。それに少なくとも、ショッキングな知らせを受けた関係者に配慮できる人でなければ」

「どういう意味ですか？」

「上司を呼びなさい。あなたはここから出ていって」

カール・ヴェルネションはカトリンをこの場で逮捕したがっているような表情になった。

「いますぐ」カトリンがさらに怒りをあらわにして言うと、警官は小声で「わかりましたよ」と確かにつぶやいた。が、当然、こう付け足さずにはいられなかったらしい。

「ですが、ここを離れないでくださいよ」

カトリンは答えなかった。黙ってドアを開け、警官を追い出すと、ベッドに座って考えに浸った。が、手の中の携帯電話がぶるりと震えて、彼女は現実に引き戻された。『スヴェンスカ・ダーグブラーデット』紙の速報だった。

〝有名ジャーナリスト、ホテル・リドマル前で襲われ拉致される〟とある。それからの数分間、カトリンはニュースに没頭した。どこも大見出しでこの件を報じているが、記事そのものにたいした内容は書かれていない。ただ、彼を連れ去ったのが救急車らしいということはわかった。誰も呼んでいない救急車。なんと……不可解な話だろう。これからどうしよう？　カトリンは叫びだしたくなった。が、次の瞬間、頭の片隅に残っていた昨夜の記憶が戻ってきた。バスルームから聞こえた物音。小さな声も聞こえたような気がする。

動揺したミカエルの声。こちらからも「何してるの？」と声をかけたような気がしなくもない。

それとも、その部分はただの夢だろうか？　いや、どちらでもいい。あのとき聞こえた小声には、今回の失踪と何らかの関係があるのでは？　夜中の二時にホテルの外で拉致された、と記事には書いてあった。ということは――カトリンは冷静に考えようとした――ミカエルはおそらく、何かに興奮させられて、あるいは心配させられて、彼女を置いて自ら外に出ていったのだろう。そして、あっという間に襲われた。罠を仕掛けられたのだろうか？　彼を外におびき出すための罠？　ああ、もう、いったい何が起きているのだろう？　何があった？

カトリンはあの物乞いに思いを馳せ、レベッカ・フォシェルのこと、彼女の声が切羽詰まっていたことを思い出した。そして、インタビューを控えたミカエルが昨晩、極度に興奮していたことも。ええい、あの馬鹿警官に言われたことなんか無視してやる。カトリンは決意を固めて服を身につけ、荷物をまとめた。それからフロントに下りて精算を済ませ、外で待機していた英国大使館の黒い外交官車両でホテルを去った。

第三十章

八月二十八日

暑い場所だ。大きなガス式の炉の中で炎が上がっている。天井は高く、あたりは薄暗い。室内はスポットライトがいくつかともっているだけで、日の光は入ってきていない。大きなガラス窓はどれも煤(すす)けているか、あるいは色が入っているようで、ミカエルは視線をさまよわせることしかできなかった。コンクリートの梁(はり)、鉄の骨組み、床に散らばったガラスの破片。そして、炉を縁取ってギラギラ輝いている金属部分に、自分の姿が映っている。

どうやら閉鎖された工場にいるようだ。たぶん、元ガラス工場。ストックホルムから少し離れた場所だろうとは思うが、どこなのかは見当もつかなかった。とはいえ、ここまでの道のりはかなり長かったように思える。一度か二度は車両を替えた気がするが、おおかた薬漬けにされたのだろう、意識が朦朧(もうろう)としていた。昨晩と今朝(けさ)の記憶は断片的だし、いまはこの担架だかストレッチャーだかに寝かされ、革ベルトで縛りつけられている。炉からそう遠くないところだ。ミカエルは叫んだ。

「おーい！　返事しろよ、おーい！」

それで返事があると思っていたわけではない。だが、ベルトで拘束されたまま身をよじる以外に、何かせずにはいられなかった。汗が出るし、足にも爪先にも炎の熱を感じる。叫びでもしなければ頭がおかしくなりそうだ。炉はまるで蛇のようにシュー、シューと音を立てていて、ミカエルは恐怖に襲われ、汗だくで口の中は乾ききっていた。そして……いまのは何だ？　床で何かの砕ける音がした。ガラスの破片がつぶされたのだ。足音が近づいてくる。これで楽になれる、という希望を与えてくれる足音でないのはすぐにわかった。むしろ関心なさげで、極端にゆっくりしている。口笛まで聞こえてきた。

この状況で口笛を吹けるなんて、いったい何者だ？

「おはよう、ミカエル」

昨晩英語を話していたのと同じ声だ。が、まだ姿は見えない。あるいはそれが狙いだろうか。顔は隠しておきたいのかもしれない。ミカエルは英語で答えた。

「おはよう」

足音が止まり、口笛が途絶え、息遣いがミカエルの耳に届いた。かすかなアフターシェーブローションの香りもした。何が起きてもおかしくない、とミカエルは覚悟を決めた。殴られるか、刺されるか、ストレッチャーを押されて足が炉の中に入るのか。だが、何も起きなかった。男はこう言っただけだった。

「これはこれは。思ったよりも元気な挨拶だね」

ミカエルは言葉を発することができなかった。

「私もそういうふうに育てられた」声が続けた。

「そういうふうに？」ミカエルはかろうじて口に出した。

「何があろうと落ち着きを装う。だがね、ここでは何も装わなくていい。率直であってくれたほうが嬉しいよ。私自身、率直に認めよう。こんなことをするのは、やや……不快に思っている。抵抗がある」

ミカエルは思わず言った。

「なぜ？」

「きみのことは気に入っているんだ、ミカエル。きみの真実に対する姿勢には敬意を抱いている。今回の件は……」

そこで男はわざと間をおいた。

「……本来なら、単なる家庭内の問題であるべきだった。だが、こうした血で血を洗う抗争には、往々にして部外者も巻き込まれるものだ」

ミカエルは自分の体が震えはじめていることに気づいた。

「ザラのことか」うめくように口に出す。

「もちろんだよ。ザラチェンコ同志のことだ。しかし、きみは結局、彼には会ったこともないだろう」

「ああ」

「それは幸いだったと言うべきだろうな。あの人に会うのは途方もない経験だったが、痕(あと)が残ったことは事実だ」

「ということは、あんたは知り合いだったのか？」

「彼を愛していた。だがそれは残念ながら、神を愛することに似ていた。見返りが何もない。まぶしいきらめきに目がくらんで、理性を失い、現実が見えなくなるだけだ」

「現実が見えなくなる？」とミカエルは繰り返した。いったい何を言っているのか、自分でもよくわからなくなっていた。

「そうだ。現実が見えなくなって、正気を失う。残念ながら私にはまだ少し、そういうところが残っていると思う。ザラチェンコとのつながりを断つのは不可能に思えた。それで無駄な危険を冒す。本当はな、ミカエル、きみも私もここにいるべきではないのだ」

「じゃあ、なぜいるんだ？」

「ひとことで答えるなら、復讐のためだな。きみの女友だちに教わるといい。復讐というものの破壊的な力について」

「リスベットのことか」

「そのとおり」

「リスベットはどこにいる？」

「さあ、どこだろうな？　われわれも知りたいよ」

ふたたび間があった。さほど長くはない間だったのかもしれないが、ひょっとして、自分がいかに現実を見失っていて頭がおかしいかを見せつけるつもりだろうか、とミカエルが考えてしまうほどには長かった。だが、男はただ、前に進み出ただけだった。まず目にとまったのは白い麻のスーツだった。昨晩着ていたのと同じスーツ。ミカエルは思わず、その麻のジャケットが自分の血で赤く染まるという恐ろしい光景を想像した。

次に目にとまったのは、男の顔だった。調和のとれた端整な顔立ちで、目元だけが左右でわずかに違って見える。右の頬に沿って、白くなった傷跡がある。髪は豊かで、銀髪の中に真っ白な箇所がいくつか見え、体型はすらりと引き締まっている。こんな状況でなければ、トム・ウルフを思わせる変わり者のインテリといった風体だ。だがいまは、背筋の凍るような不気味さを漂わせている。その動きは不自然なまでに緩慢だ。

「あんたひとりでやってるわけじゃないんだろう」とミカエルは言った。

「ああ、チンピラ連中もいるよ。若い男どもだが、姿を見せたくないらしい。理由はよくわからない。ちなみにあそこの天井にはカメラをつけてある」

男は上のほうを指さした。

「ぼくを撮影するわけか」

「まあ、そのことは考えるな、ミカエル」信じられないことに、男は突然スウェーデン語で話しだした。「これは、きみと私、ふたりだけのやりとりだと思ってくれ。親密さの証のようなものだとね」

ミカエルの体の震えは激しくなるばかりだった。彼はおびえて言った。

「スウェーデン語も話せたのか」

自由自在に言語を替えるのを見て、彼が悪魔であると確信したかのように。

「言語は得意なんだよ、ミカエル」

「そうなのか？」

「ああ。だが、きみと私はこれから、言語を超えた世界へ旅立つことになる」

男は右手に持っていた黒い布を開くと、きらりと光る物体をいくつか、脇のスチール台に置いた。

「どういう意味だ」

ミカエルはますます必死になり、ストレッチャーの上で身をよじった。目の前でシュー、シューと音を立てる炉を、それを縁取る金属部分に映った自分の歪んだ顔を、じっと見つめた。

「人生についてまわるたいていのものには、美しい言葉がたくさんある」と男は言った。「その筆頭が愛だ。そう思わないかい？　きみもきっと若いころには、キーツやらバイロンやらを読んだだろう。彼らは愛の本質をそれなりにうまくつかんでいると私は思う。だがな、ミカエル、底なしの苦痛に関しては、言葉は存在しない。誰も、たとえ歴史に残る偉大な芸術家であっても、誰ひとりとしてその本質を言葉にはできなかった。われわれはそこへ向かうんだよ、ミカエル。言葉の存在しない世界へ」

言葉の存在しない世界へ。

ユーリー・ボグダノフは、メシュタへ北上する黒いメルセデスの後部座席に座り、映像をキーラに見せている。キーラは目を細くしてにらみつけるようにその映像を見ていた。まもなく彼女の目に、興奮の輝きが現われるだろう。敵が苦しむのを見ているときはいつもそうだ。

ところが何も起こらない。キーラの顔をよぎったのは苦しげな苛立ちの表情だけで、ボグダノフは不安になった。ガリノフのことは信用していないし、何もかもやりすぎだという確信がある。ミカエル・ブルムクヴィストなどに手出しして、いい結果になるとはとても思えない。あまりにも熱を帯びた感情があたりに漂っているし、キーラの苦々しげな表情にもいやな予感がした。

「大丈夫かい？」とボグダノフは尋ねた。

「これをあの女に送るのね？」キーラが尋ね返してきた。

「まずは回線をガードしてからだ。だが、キーラ……」

ボグダノフは口ごもった。キーラの不興を買うことはわかっている。彼女の目を見ることなく先を続けた。

「あの建物には近づかないほうがいい。いますぐ飛行機でロシアに帰るべきだ」

「あの女が死ぬまでは、どこにも行くつもりはない」

「そうはいっても……」

〝……あの女がそう簡単につかまるわけがない〟、本当はそう言いたかった。〝甘く見すぎだぞ〟。だが、そのまま黙り込んだ。言葉でも、目つきでも、いっさい悟られてはならない——実はリスベットに敬服している、などとは。いや、〝ワスプ〟に、と言ったほうが正しいか。世の中のハッカーは、腕利きと、天才と、リスベットに分けられる。彼女は別格なのだ。ボグダノフは口を開く代わりに身をかがめ、青い金属の箱を取り出した。

「それ、何？」キーラが尋ねる。

「シールドボックス。ファラデーケージだ。ここに携帯を入れてくれ。足取りをたどられるわけにはいかない」

キーラは窓の外に目をやり、自分の携帯電話をボックスに入れた。それからしばらくは、ふたりとも黙っていた。ただ苦々しくも決然とした表情で、運転席のほうや、外の景色を眺めていた。やがてキーラが、モルゴンサーラの工場の様子をもっと見たいと言ったので、ボグダノフは見せた。

それは、できることなら見たくなかった映像だった。

ノルヴィーケンを過ぎたあたりで、グーグルグラスに送られてきていたシグナルがとぎれ、リスベットは悪態をついて右手でハンドルを殴りつけた。とはいえ、予測はしていたことなので、彼女は速度を落とし、道路脇の休憩所に入った。木立のそばに木のベンチとテーブルがあったので、そこに腰かけてノートパソコンを開き、カミラの交友関係を徹底的に洗ったこの夏の苦労が報われることを願った。

こんな作戦、スヴァーヴェルシェー・オートバイクラブのメンバーの助力なくしては実行できないはずで、もちろん全員がプリペイド式の携帯電話を使っているだろうが、途中どこかで誰かがドジを踏んだ可能性は充分にあると思いたい。そこでリスベットは、ストランド通りにキーラを訪ねた男たちの居場所をもう一度チェックした。マルコ、ヨルマ、コニー、クリッレ、ミロ。だが、それでもやはり何もわからない。連中の使っている携帯電話会社をハッキングして、基地局にアクセスまでしたにもかかわらず。リスベットはテーブルを拳で殴った。あきらめて別の方法を考えようとしたときに、ペーテル・コヴィッチのことを思い出した。

ペーテル・コヴィッチはオートバイクラブ一の犯罪歴の持ち主で、酒と女と自制心の面で問題を抱えているという噂だった。リスベットが見たかぎり、彼がストランド通りのマンションに近寄った形跡はない。が、この夏にフィスカル通りを訪ねてきた男どもの片方がコヴィッチだったので、リスベットは彼の携帯電話も確認してみることにした。そしてまもなく興奮のあまり悪態をついた。コヴィッチは今朝早く、カミラがさっき通ったのと同じ道をたどっている。そのままウプサラ方面へ北上し、ストールヴレータやビョルクリンゲを過ぎていく。さらに詳しく調べようとしたところで、携帯電話が鳴った。

いまは電話なんかに出ている場合ではない。そう思いながらも画面を見た。『ミレニアム』のエリカ・ベルジェからで、リスベットは結局電話を取った。が、初めはさっぱりわけがわからなかった。エリカは電話口でわめくばかりで、かろうじて聞きとれたのはこの言葉だけだ。

「燃えてる、燃えてる」

そのあと、もう少し理解できるようになった。

「ミカエルが大きな炉に突っ込まれてるの。絶叫してて、ものすごく苦しんでる。犯人の連中が言うには、というか、書いてあるんだけど……」

「何て書いてあるの?」

「リスベット、あなたが来なければ、ミカエルを焼き殺す、って。場所はウプサラのすぐ南、スンネシュタ郊外の森の中。でも、そのあたりに警察の姿が見えたり、何か怪しい動きがあったりしたら、ミカエルはおぞましい死に方をすることになる。で、その次は、あなたやミカエルと親しくしてる人たちを狙う。あなたが現われないかぎりやめはしない、って。ああ、リスベット、こんなのひどすぎる。ミカエルの足が……」

「わたしが見つける。聞いてる? 絶対にミカエルを見つけるから」

「あなたに動画を送れって書いてある。それと、あなたが犯人たちと連絡を取り合うためのメールアドレスも」

「ねえ、リスベット、教えて、いったい何が起きてるの？」

リスベットは電話を切った。説明している時間はない。たったいま見つけた手がかりに戻らなければ。ペーテル・コヴィッチは今日未明、カミラがさっき通ったのと同じ道を通っていた。そのまま高速E４号線を北上し、ティエルプやイェーヴレの方向に向かっている。これは期待できそうだ。それからしばらくは、確かにうまくいっていた。リスベットは指先でコツコツとテーブルをたたき、何やらつぶやいてはののしり言葉を吐いた。

「酒浸り(びた)のクズ野郎、その調子であいつらのところまで連れていってよね」

だが、やはりモンカルボー付近で足取りが途絶えてしまい、リスベットは茫然(ぼうぜん)と道路に目をやった。あまりの憤怒(ふんぬ)の表情に、ちょうどそのときルノーに乗って休憩所に入ってきた若い男が、おびえてそのまま去ったほどだった。が、リスベットのほうは彼に気づいてもいなかった。ぐっと歯を食いしばり、エリカ・ベルジェが送ってきた動画を再生すると、ミカエルがアップで映し出された。

目を大きく見開き、白目を剝(む)いていて、まるで虹彩(こうさい)の部分が上まぶたの奥に入ってしまったかのようだ。顔全体が引きつって歪み、もはやミカエルとは思えないほどだった。顎(あご)、口元、シャツの胸元、あらゆるところから汗が噴き出している。そのあいだもカメラはミカエルの体を下へたどっていき、ジーンズを、足を映し出した。はいている赤い靴下が、ごうごうと炎の上がる大きな茶色いレンガの炉へ、ゆっくりと入っていく。靴下とジーンズの裾に火がついた。できるかぎりこらえようとしたのか、奇妙な間があったのち、心臓を引き裂くような絶叫が響いた。

リスベットは無言だった。表情もほとんど変えなかった。ただ、まるで鉤爪のようになった手で、木のテーブルに深い溝を三本刻み込んだ。それから、送られてきたメッセージを読み、メールアドレスをじっと見つめた。やたらと暗号化された代物だったので、いくつか短い指示を添えてプレイグに転送した。ペーテル・コヴィッチの写真と、高速E4号線、ウップランド地方北部の地図もいっしょに送った。

それからパソコンと銃をしまい、ふたたびグーグルグラスをかけて、ティエルプ方面に向かった。

「ねえ、リスベット、教えて、いったい何が起きてるの？」エリカ・ベルジェは電話に向かって叫んだ。

だが、その言葉は、ヨート通りの編集部で彼女のまわりに集まった同僚たちにしか届いておらず、しかも彼らに理解できたのは、エリカが完全に取り乱しているということだけだった。いちばん近くに立っていたソフィー・メルケルは、エリカが倒れるのではないかとまで思って駆け寄り、体を支えた。が、エリカはそれにすら気づかなかった。

必死になって、これからの行動計画を練ることに集中する。警察には絶対に通報するな、と書いてあった。何があろうと警察に連絡してはいけない、と。だが、通報しないという選択肢など、本当にあるのだろうか？　こんなおぞましい光景は見たことがない、というだけではない。ミカエルが苦しんでいるのだ。誰よりもつきあいの長い友人、かけがえのない恋人が。しかもまったくの不意打ちだった。何の気なしにメールをチェックしようとして、半ば無意識のうちにメールボックスを開いたら、あれが目に飛び込んできて……

状況を理解する前にリスベットに電話していた。ただのおぞましい冗談、トリック動画かもしれない、という思いもなくはなかった。が、リスベットの声を聞いた瞬間に、そんな考えは霧消した。リスベットがこのような事態を——徹底的な悪の到来を、覚悟していたのが伝わってきたからだ。

何ひとつ言葉にできない。支離滅裂な罵詈雑言を吐いたところで、まるでいままでまったく別の世界にいたかのように、ソフィーが自分を抱きしめていることにやっと気づいた。一瞬、何があったのかすべて話そうかと思った。が、結局はソフィーの腕の中から身をふりほどき、小声で言った。

「ごめんね、ひとりにしてもらえる？　あとで話すから」

そして自分のオフィスに入り、ドアを閉めた。もはや言うまでもないことだ――自分の行動がミカエルの死を招くことになってしまったら、もうとても生きてはいけない。でも、だからといって、プレッシャーに負けて何もしないなんてありえない。ましてや悪党どもの望みどおりにするのは論外だ。私は……私は、何をするべきだろう？……考えろ。集中しなければ。だいたい、こういう犯罪はパターンが決まっているのでは？

犯人たちは警察の関与をいやがるのが常だ。だが、そういう連中がつかまるのは結局、警察が秘密裡に連絡を受けて動いていたからこそではないか。自分のするべきことは、安全な回線を使ってブブランスキーに電話することなのでは？　エリカは一分だけ躊躇して から電話をかけた。が、つながらなかった。どうやら電話中らしい。それでプツリと何かが切れた。全身ががくがく震え、止められなくなった。

「リスベットの馬鹿、悪魔、人でなし」とつぶやく。「どうしてミカエルを巻き込んだりしたの？　どうして？」

ブブランスキー警部は長いあいだ、カトリン・リンドースと話をしていた。ついいましがた、電話がヤネク・コヴァルスキーと名乗る男の手に渡ったところだ。イギリス大使館の関係者だという。さしあたりはその言葉を信じるしかなさそうだ。

「いささか心配ですね」と彼が言い、これがイギリス流の控え目な表現（アンダーステイトメント）というやつか、とブブランスキーは思った。

彼はそっけなく答えた。

「どのような意味で?」

「まったく性質の違うふたつの話が、なんともデリケートな形でまじり合ってしまっている。ただの偶然かもしれないし、そうではないかもしれない。ブルムクヴィストにはリスベット・サランデルとのつながりがありますね。そして、ヨハネス・フォシェルは……」

「フォシェルがどうしたんです?」ブブランスキーは待ちきれずに尋ねた。

「ヨハネスは二〇〇八年、モスクワから追い出される直前の時期に、リスベットの父親アレクサンデル・ザラチェンコについて、そして彼のスウェーデンへの亡命について、調査を行なっていました」

「当時は公安警察の一部しかそのことを知らなかったと思っていましたが」

「警部、秘密というのはね、人が思っているほどには守られていないものですよ。ここで興味深いのは、もうひとりの娘カミラがのちに、GRUでザラチェンコの腹心だった男と結束を強めたことです。その男は、ザラチェンコが母国を裏切ったあとも、彼と連絡を取りつづけていました」

「その男というのは？」

「イヴァン・ガリノフという名で、なぜかはわれわれには理解しがたいが……何と言おうか……ザラチェンコがこの世を去ってなお、彼への忠誠を貫いている男です。ザラチェンコの死後も、彼のかつての敵に復讐したり、厄介な情報の持ち主を黙らせたりしている。容赦というものを知らない、危険な男です。そしていま、彼はおそらくスウェーデンにいて、ブルムクヴィストの拉致にかかわっている。ガリノフをつかまえることができれば、われわれにとっての意義は計り知れない。したがって、支援をさせていただきたいのです。しかもフォシェル国防相には独自の計画があり、私もそれを少々軽率に後押ししてしまったので」

「よく意味がわかりませんが」

「ほどなくはっきりしますから、ご心配は無用ですよ。これから資料を送ります。ガリノフの写真もね。残念ながら、何年も前のものしかありませんが。では失礼、警部」

ブブランスキーは誰にともなくうなずいた。この種の役人から協力を得られるというのはめったにないことだ、と考える。この時点で彼はもちろん、コヴァルスキーが何者なのかをはっきりと理解していた。そのことに思いをめぐらせ、ほかにもいろいろなことを考えた。それから立ち上がり、ソーニャ・ムーディグにいまの電話の話をするため、彼女のオフィスに足を踏み入れようとしたところで、また電話が鳴った。エリカ・ベルジェからだった。

カトリンはヤネク・コヴァルスキー宅の居間で、茶色の肘掛け椅子に座っている。向かいにはヨハネス・フォシェルが座り、隣にはレベッカがいた。集中するのはけっして簡単ではなかった。ミカエルのことがつねに頭にあった。が、録音機を借りることができたので──携帯電話はしまわされた──なんとかなりそうだ。それに、だんだん彼らの話に夢中になっていったことも事実だった。

「では、もう一歩も動けなかったんですね？」とカトリンは尋ねた。

「ああ」ヨハネスが答える。「あたりはもう暗くなっていて、凍てつくような寒さだった。ぼくはとにかく凍えていて、終わるならさっさと終わってほしいとばかり思っていた。体温が失われて、また気分がよくなると聞く、あの昏睡状態に陥りたかった。ところがそのとき悲鳴が聞こえて、ぼくは顔を上げた。最初は何も見えなかったが、やがて嵐の中からニマ・リタが現われた。しかし、頭がふたつあって、腕は四本あった。インド神話に出てくる神のようだった」

「どういうことですか？」

「そう見えたんだ。だが実際には、ニマが誰かを引きずっていた。そうとわかるまでには時間がかかったし、それが誰なのかを理解するにはもっとかかった。とにかく疲れていて、考えることも、救助を期待することもできなかった。救助を望む気力すらなかったかもしれない。おそらくそのまま意識を失ったんだろう。ふと目を覚ますと、すぐそばに別の人が倒れていた。女性で、まるでぼくを抱擁（ほうよう）しようとするかのように、こわばった両腕を前に突き出していた。そして、娘のことをぶつぶつと口にしていた」

「何と言っていましたか？」

「結局、よくわからなかった。ただ、見つめ合ったことだけは覚えている。絶望のまなざしだったことは言うまでもないが、驚きの表情もそこには浮かんでいた。ぼくも彼女も、お互いに誰だかわかったんだと思う。クララだった。ぼくは彼女の頭と肩を撫（な）でた。美しい顔に戻ることはもうないだろう、と思ったのを覚えている。顔は凍傷にやられていたし、唇（くちびる）にはぼくのピッケルに刺された傷がついていた。ぼくは言葉をかけたかもしれない。クララも答えてくれたかもしれない。わからない。猛吹雪（ふぶき）が轟（とどろ）いていて、上のほうでスヴァンテとニマが言い争っていた。かすれ声で怒鳴り合い、相手を突きとばしていた。とにかく妙な状況だった。唯一聞きとれた単語は、あまりにも理不尽で、不愉快で、きっと聞き間違いだろうと思った。英語で〝スラット〟とか〝ホアー〟とか言っていたんだ。つまり、あばずれ、淫売（いんばい）、とね。こんな最悪な危機的状況のただ中で、なぜそんな言葉が出るのか、まったく意味がわからなかった」

第三十一章

八月二十八日

ミカエルはこれまで、生きる意欲を失ったことがなかった。激しく意気消沈したことすら一度もない。だが、こうして両足に重い火傷（やけど）を負った状態でストレッチャーに乗せられていると、もう意識を失って消えてしまいたいと思う。いま世界に存在するのは痛みだけで、叫ぶ力も残っていない。ただ全身の痙攣（けいれん）に耐え、歯を食いしばるのみだ。これ以上の苦しみなど想像もつかない。が、それはやってきた。

イヴァンと名乗った白スーツの男が、脇のテーブルに置いてあった外科用メスを手に取り、それでミカエルの火傷したところを切り裂いたのだ。叫ぶ力もないと思っていたミカエルは、それでも背をのけぞらせて絶叫した。そのまま叫びつづけていたが、やがてまわりの現実に引き戻された。が、しばらくは何が起きているのかよくわからなかった。ただ漠然と、別の足音が近づいてきている、と認識した。今回はヒールがカツカツと鳴っている。音のするほうに顔を向けると、赤みがかった金髪の、この世のものとは思えないほど美しい女が目に入った。こちらに向かって微笑んでいる。本来なら安堵する場面かもしれない。だが実際には、恐怖がますます強く突き刺さってきただけだった。

「きみ……」とつぶやく。

「そう、わたし」

カミラはミカエルの額と髪を撫でた。そのしぐさには抑え込んだサディズムが感じられた。

「ようこそ」

ミカエルは答えなかった。全身が悲鳴を上げる傷口と化していた。が、それでも……思考が頭の中を渦巻く。何か、彼女に言わなければならない大事なことがあった、そんな気がする。

「リスベットも困ったものよね」とカミラは続けた。「あなたもそう思うでしょう、ミカエル。時間はどんどん過ぎていく。チク、タク、チク、タク。でも、あなたにはもう時間の感覚がないかもね？　教えてあげる。もう十一時過ぎよ。あなたを助けたいなら、リスベットはすぐにでも連絡をよこしたはず。それなのに、まだ何の音沙汰もない」

カミラはまた微笑んだ。

「なんだかんだ言ってあの人、あなたのこと、そこまで好きじゃないのかしらね。あなたのほかのガールフレンドたちに嫉妬しているのかも。たとえば、あのかわいいカトリンとか」

ミカエルは戦慄した。

「彼女に何をした」

「あら、べつに何も。何もしていないわよ。いまのところはね。でもリスベットは、わたしたちに協力するくらいなら、あなたが死んだほうがましだと思っているみたいね。あなたを犠牲にするつもりなのよ。いままでもそうやって、たくさんの人を犠牲にしてきた」

ミカエルは目を閉じ、ふたたび記憶をたどって、自分が言いたかったことを思い出そうとしたが、見つかったのは苦痛だけだった。

「きみたちだろう、ぼくを犠牲にしようとしてるのは」とミカエルは言った。「リスベットじゃない」

「わたしたち……いいえ、それは違う。リスベットはわたしたちの申し出を受けなかった。そのこと自体にはべつに文句はないの。大切な人を失うことがどんな気持ちか、あの人にもぜひ知ってもらいたい。だって、昔はあなたもリスベットの大切な人だったのよね？」

カミラはまたミカエルの髪を撫でた。その瞬間、ミカエルはカミラの顔に思いがけないものを見た。リスベットと似ている、と感じたのだ。見た目は似ていないかもしれないが、その瞳(ひとみ)に浮かんだ、声にならない怒りの表情が、よく似ている。ミカエルは言葉を絞り出した。

「リスベットに……」

必死で痛みをこらえる。

「なあに、ミカエル?」

「……リスベットにとって大切だったのは、お母さんとホルゲルだ。彼女はもう、ふたりとも失ってる」そう言った瞬間、ミカエルは自分が何を言いたかったのか理解した。

「何が言いたいの?」

「リスベットは、近しい人を失うのがどういう気持ちか、すでに知ってるんだ。そして、カミラ、きみは……」

「わたしは、何……?」

「……もっと大事なものを失った」

「へえ、何を?」

ミカエルは嚙(か)みしめた歯のあいだから言葉を吐き出した。

「きみの一部だ」

「何ですって？」

カミラの瞳の中で、怒りがぎらりと燃え上がる。

「きみは母親も父親も失った」

「そうよ」

「きみがどれだけひどい目に遭ってるか、目を向けようとしなかった母親と……きみが……愛してた……それなのに、きみを利用した父親。だから……」

「だから、何？」

ミカエルは目を閉じ、集中しようとした。

「あの家でいちばんの被害者はきみだったとぼくは思う。みんながきみを裏切った」

カミラはミカエルの喉をつかんだ。

「リスベットに何を吹き込まれたの？」

ミカエルは息ができなくなった。カミラの手だけが原因ではない。炎がさらにじりじりと近づいてきたように感じられて、自分が過ちを犯したことを確信した。カミラの中で何かが目を覚ますのを期待していたのに、結局怒らせてしまっただけだった。

「答えなさい！」カミラが怒鳴る。

「リスベットは言ってた……」

ミカエルは激しくあえいだ。

「何を」

「なぜ夜な夜なザラがきみのところへやってきたのか、自分は察するべきだった、と。でも当時はお母さんを救うことばかり考えていたから、わからなかった、と」

カミラはミカエルの喉から手を離し、ストレッチャーを蹴りつけた。ミカエルの足が炉の縁に当たった。

「へえ、そんなこと言ってたの？」

ミカエルの脈が暴走を始めた。

「当時のリスベットにはわからなかったんだよ」

「ばかばかしい」

「そんなことはない」

「あの女には最初からわかってた。わかってたに決まってる」カミラが叫ぶ。

「落ち着け、キーラ」イヴァンが言う。

「冗談じゃない」カミラは食ってかかった。「リスベットがこいつにとんでもない嘘をついたのよ」

「彼女は本当に知らなかったんだ」ミカエルは声を振りしぼった。

「よくもそんなことを。ザラと本当は何があったか、知りたい？　ねえ、知りたい？　ザラはね、わたしを女にしたの。本人がそう言ってた」

カミラが一瞬ためらう。言葉を探しているように見えた。

「ザラがわたしを女にしたように、ミカエル、いまからわたしがあなたを男にしてあげる」カミラはそう続けると、前かがみになってミカエルの目をじっと見つめた。初めは怒りと復讐心しかない目つきだったが、やがてそのまなざしが変化した。

奥深くに、傷つきやすさのようなものが垣間見える。心を通わせることができたのでは、とミカエルは想像をふくらませた。ひょっとすると、危険にさらされ無力なこの姿に、自分自身を投影しているのではないか、とまで考えた。が、どうやら間違っていたようだ。次の瞬間、カミラはくるりと踵を返して部屋を出ていった。ロシア語の単語をいくつか大声で口にしたのは、おそらく何かの命令だろう。

ミカエルはイヴァンと名乗る男とふたりきりになった。ひたすら耐えること、炎を見ないようにすること以外に、できることは何もなかった。

二〇〇八年五月十三日

雪煙の中にいる登山者たちを見た瞬間、クララは倒れて斜面を転がり落ちた。ニマ・リタからは離れてしまい、下にいた別の人にぶつかった。男性だった。死んでいるのだろうか？　いや、生きている。動いている。こちらを見て、かぶりを振っている。男は酸素マスクをつけていた。誰かわからないが、肩を撫でてくれた。

やがて男が酸素マスクとサングラスをはずし、その瞳に笑みを浮かべた。クララも微笑み返した。少なくとも微笑もうとはした。が、そんな瞬間も長くは続かず、ほどなく頭上で誰かが言い争っているのがわかった。断片的にしか聞こえなかったが、ヨハネスが――いや、別の名前だったか？――ニマにしてやったこと、これからしてやることについて話していた。たとえば、家を建ててやること。ルナの面倒をみること。それが自分に関係のある話だとは、クララはまったく思っていなかった。

すさまじい痛みだった。なすすべもなく雪の上に倒れたまま、立ち上がることもできず、またニマが助けてくれますようにと神に祈った。祈りは聞き届けられた。ニマが前かがみになって手を伸ばしてくる。全世界が手を差しのべてくれたような気がした。本当に、これで助かるのだ。また娘に会える。家に帰れる。だが、ニマが助け起こしたのは、彼女ではなかった。

男のほうだったのだ。初めはクララもあまり心配していなかった。順番に、まずは彼のほうを助け起こした。それだけのこと。そうにちがいない。見上げると、男はついさっきまでクララがそうしていたように、ニマにぐったりと寄りかかっていた。そうか、それならきっと、そばに立っているもうひとりの男が助けてくれるのだろう。さっきニマと大声で言い争っていた男が。ところが手はなかなか差し伸べられず、やがてひどく気がかりなことが起きた。三人がよろよろと彼女から離れていったのだ。まさか、置き去りにするつもりなのだろうか？

「行かないで」クララは叫んだ。「お願い、置き去りにしないで！」

だが、みんな行ってしまった。振り返りもせずに。クララはしばらくのあいだ、吹雪の中へ消えていく三人の背中を、ただ茫然と見つめていた。それが雪を踏みしめる足音だけになって、クララは初めてまじりけのない恐怖に襲われ、悲鳴を上げた。叫ぶ力が尽きるまで叫んだあとは、想像をはるかに超える絶望感の中で、静かに泣くことしかできなかった。

ユーリー・ボグダノフがいるのは、最近建て増した小さな部屋の中だ。彼のすぐ後ろでは、キーラが革の肘掛け椅子に沈み込み、落ち着かない様子で高価なブルゴーニュの白ワインを飲んでいる。もちろん彼女のためにここまで運ばせたものだ。

ボグダノフは自分のパソコンをじっと見つめた。注視しなければならない映像がいくつもある。苦痛にもがくブルムクヴィストの映像だけでなく、外の平原を映した監視カメラ映像もだ。この建物はかつてガラス工場で、高級な花瓶や深皿を作っていたが、経営が立ち行かなくなり、キーラが数年前に建物を手に入れた。集落から遠く離れたところにぽつんと建っていて、森がすぐそばにあり、窓こそ大きくて高さもあるものの、外から中をのぞき込むことはできない。ボグダノフは関係者一同に、万全の注意を払うよう執拗に言い聞かせてきた。したがって、ここは安全なはずだ。が、だからといって好きになれる場所でもなく、ボグダノフはときおりワスプのことを考え、彼女についてささやかれている噂に思いを馳せた。NSAのイントラネットに入り込んで、大統領にも閲覧できない書類を読んだらしい。不可能と思われていたことを可能にした、彼の世界では伝説的な存在だ。それに比べると、キーラは……ああ、まったく、キーラときたら。

ボグダノフは背後の肘掛け椅子に座っている彼女をちらりと見やった。路上暮らしだった彼をすくい上げ、金持ちにしてくれた美女キーラ。そのことについては感謝しかないはずなのだが、それでもいまは――ボグダノフは急に体が重くなったように感じた――もううんざりだ。彼女の脅しに、暴力に、その復讐心に疲れきっている。自分でもなぜかよくわからないまま、彼は自分で作ったメールアカウントを開き、それから数秒のあいだ、体内に不思議な興奮が湧き起こるのを感じながら、じっと座っていた。

それからメールにGPS座標を書き込み、考えた——こっちがワスプを見つけられないのなら、ワスプのほうをここに来させればいい。

リスベットが、高速E4号線の、エスケスタからほど近いところにある別の休憩所でパソコンを開いていると、路肩に車が駐まった。黒のボルボV90で、彼女ははっと身をこわばらせ、上着の下に隠した銃をつかんだ。が、乗っていたのはただの中年夫婦で、幼い息子に用足しをさせるために降りてきただけだった。

リスベットは家族連れから目をそらした。ちょうどプレイグからメッセージが届いたところだった。内容は……これは、いったい何だろう……突破口ではない。それにはほど遠い。が、新たな方向を示してはいる。もっと東だ。

まさに期待どおりのことが起きていた。あのろくでなし、スヴァーヴェルシェー・オートバイクラブのペーテル・コヴィッチが、見事にドジを踏んでいたのだ。今朝三時三十七分、ティエルプの北にあるロックネーのインドゥストリー通りのガソリンスタンドで、監視カメラに姿をとらえられていた。大柄で、むくんだような締まりのない体をしており、なんともみじめたらしい姿だった。映像のペーテルはヘルメットをはずし、銀色のボトルから水を飲み、残った分を頭からかぶっていた。ひどい二日酔いに苦しんでいて、頭をすっきりさせようとしているのかもしれなかった。

リスベットはプレイグに返信した。

[このあとの足取りは追った?]

プレイグはこう返してきた。

[これより先はナッシング]

[携帯の電波は?]

[死んでる]

ということは、この酔っ払いがどちらの方角へ進んでいてもおかしくないわけだ。広大なノルランド地方の内陸部へ向かったのかもしれないし、海岸のほうに出た可能性もある。ミカエルがどこへ連れ去られたかはいまだに皆目見当がつかず、リスベットは大声を上げて暴れたくなった。が、ぐっと耐え、その場に座ったまま、やはり悪党どもに連絡を取って、そこから手がかりを探すべきだろうか、と考えた。そこで教えられたメールアカウントを開いてみると、新しいメッセージが届いていた。二列の数字とアルファベット。一瞬面くらったが、すぐに気づいた。GPS座標だ。ウップランド地方、旧モルゴンサーラ教区にある一点を指し示している。

いいいい、モルゴンサーラ。

これはどういうことだろう？　これまではスンネシュタ郊外におびき出そうとしていて、馬鹿みたいに細かく行動を指示してきたのに、今度は何も書かれていない。言葉のひとつもなく、ただある地点を示しているだけだ。その地点というのは……いったいどういう場所だろう……目を凝らしてみると、そこには何もなく、畑が広がっているだけのようだ。モルゴンサーラはティエルプの北東にある小さな集落で、人口は六十八人、森と平原に囲まれている。もちろん教会があり、古代の遺跡がいくつもあるほか、廃工場も何軒か残っているようだ。一九七〇年代から八〇年代にかけて、このあたりで新事業がたくさん興った名残である。リスベットはこの事実にいささか興味をかきたてられ、グーグルアースを開いて指定の場所を検索してみた。すると、畑の広がる中、森からほど近いところに、大きなガラス窓のついたレンガ造りの長方形の建物が見えた。

これが犯罪者の隠れ家である可能性は充分にある。が、それを言いだしたら、スウェーデンのどの建物にもその可能性はあるだろう。そうなれば国じゅうを捜すしかない。ただ、どうしても理解できないのは、なぜこの建物をピンポイントで指し示すのか、ということだ。これは目くらましなのだろうか？　それとも、罠？

リスベットはあらためて地図に目を凝らした。すると、ペーテル・コヴィッチが立ち寄って頭から水をかぶっていたロックネーが、ちょうどモルゴンサーラへの道路沿いにあることがわかった。それで、何はともあれ興奮のつぶやきが漏れた。

カミラの仲間が情報を漏らしたのか？　そんなことがありうるのだろうか？　確かに、ミカエルのような人物を襲えという命令には、スヴァーヴェルシェーの連中も気乗りしなかったことだろう。危険すぎると思ったはずだ。だが、そうだとしても、なぜリスベットに情報を漏らす？　見返りに何を求めているのだろう？

つじつまが合わない。が、いずれにせよ調べてみるしかない。リスベットはプレイグにメッセージを送った。

［手がかりが見つかったかも？　モルゴンサーラ］

プレイグはこう返信してきた。

［詳しく］

リスベットはGPS座標を送り、こう書いた。

［いまからここへ向かう。付近にいたずらを仕掛けられる？］

［いたずらなら喜んで。どういうのがいい？］

［電気とか、携帯に何かを大量送信するとか］

［了解］

［また連絡する］

そしてリスベットはバイクにまたがり、モルゴンサーラをめざして走りだした。数分後、風が強くなってきたのがわかった。空にまたもや雲が立ちこめ、彼女は手袋に包まれた指が白くなるほど強くハンドルを握りしめた。

第三十二章

八月二十八日

イヴァン・ガリノフはストレッチャーの上のジャーナリストを見つめた。なかなかの闘士だ。これほどの痛みをここまでストイックに耐える人間には久しぶりに出会った。が、もはやその闘志も役には立たない。もうこれ以上は待てないというところまで時が経ってしまった。このジャーナリストには死んでもらうしかない。結局、無駄死にということになるのだろう。が、いまとなってはどうでもいいことだ。過去の影に追い立てられて、ここまでやってきた。炎そのものに、と言ってもいいかもしれない。

ザラチェンコが十二歳の娘に火炎パックを投げつけられ、車の中で火だるまになったと聞いて、GRUの同僚の多くは拍手喝采(かっさい)したが、ガリノフは違った。その場を離れ、いつかその娘に復讐してやると誓った。もちろん、その何年も前に、親友でありよき師でもあったザラチェンコが、GRUを離脱し国を裏切るという、考えられる中で最悪の道を選んだと聞いたときには、心底打ちのめされた。それは事実だ。

が、事はそう単純ではないとわかって、彼はザラチェンコとまた連絡を取り合うようになった。すべてが元どおりになった。少なくとも元どおり近くにはなった。ふたりは秘密裡に会って情報交換をし、ズヴェズダ・ブラトヴァをともに築き上げた。ガリノフにとっては、この世の誰も、実父すらも、ザラチェンコほどの意味を持たなかった。彼の名誉を永遠に守るつもりでいた。とはいえ、ザラが無数の悪事をはたらいたことはもちろん知っている。仕事のうえで必要だったことばかりではない。血を分けた家族に対してやったこともたくさんある。彼をここまで導いてきた一連のドラマには、そうした家族の問題という側面もあった。

ガリノフはキーラのためなら何でもした。キーラを見ていると、ザラと自分自身の両方を見ているようだと思った。裏切り者であり、裏切られる者でもある。自ら苦しんだ側であり、他人を苦しめる側でもある。そんなキーラがあんなにも取り乱したところは初めて見た。さきほどストレッチャーのそばでミカエルと会話をしたあとのことだ。ガリノフは背筋を伸ばした。すでに昼を過ぎていて、体は疲れ、目がずきずきと痛む。それでもまだここに立ち、仕事を終えようとしている。キーラやザラとは違って、楽しいと思ったことは一度もない。これは彼にとって義務でしかなかった。

「さあ、もう終わらせよう、ミカエル。きみならきっと立派にやれる」

ミカエルは答えなかった。黙って歯を食いしばり、必死に耐えている。ストレッチャーは汗でびしょ濡れだ。火傷を負った両足は切り裂かれている。そんな彼の目の前で、まるで口を開けた怪物のように、炉の内部が赤々と燃えている。ガリノフは、いまのミカエルの気持ちを難なく想像できた。

彼自身も拷問を受けたことがあるし、処刑される覚悟を決めたこともある。彼は、自分自身とミカエルの両方に対する気休めとして、苦痛にも限界があるはずだ、と考えた。そこを超えれば、体は自然にスイッチを切るにちがいない。希望が尽き果ててなお、際限なく苦しみつづけるなんて、生物の進化上、何の利もないのだから。

「覚悟はできたか？」とガリノフは尋ねた。

「ぼく……は……」とミカエルは言った。が、もう力が残っていないのだろう、それ以上の言葉は出てこなかった。これでよしとするしかないだろう。

ガリノフはストレッチャーのレールを確認し、頬の汗をぬぐった。炉の縁の金属に映った自分をちらりと見やってから、準備にかかった。

ミカエルは何でもいいから言葉を発したかった。それで少しでも時間を稼ぎたいと思った。だが力がもう残っておらず、記憶の映像やさまざまな思いが大波のように押し寄せてきた。娘の姿が目に浮かぶ。両親、リスベット、エリカ、あらゆることが頭に浮かんで把握しきれなくなった。自分が体をこわばらせ、背中を反らしていることに気づく。脚も腰も震えていて、ついにこの時が来た、ぼくは焼き殺されるのだ、と思った。イヴァンのほうを見上げたが、何もかもがぼんやりとして見えた。

室内全体にまるで霧が立ちこめているようだ。だからミカエルは、天井のランプが本当にチカチカと点滅してから消えたのか、それとも自分が幻覚を見ているだけなのか、判断することができなかった。あたりがこんなに暗いのは、自分が死の恐怖にさらされているせいだろう、と長らく思っていた。だが、ついに理解した――いま実際に、何かが起きている。足音が、話し声が聞こえ、イヴァンが振り返ってスウェーデン語でこう尋ねた。

「いったいどういうことだ?」

動揺したいくつかの声が返事をする。何が起きているのだろう? ミカエルにはわからなかった。ただ、この建物の中にいる全員が急にあわてふためきだしたことと、本当に停電しているらしいということだけはわかった。何もかもが消えている。だが、炉の炎だけは、あいかわらず恐るべき激しさで燃えつづけていた。ストレッチャーを少し押されただけで苦しみもがいて死ぬ運命なのはいまも同じだ。それでも、この騒ぎは……まだ希望があるということにほかならない。そうじゃないか？　ミカエルはあたりを見まわした。暗がりの中を動いている人影がいくつも見えた。

ひょっとして警察が来ているのだろうか。ミカエルは必死で思考をめぐらせ、痛みから逃れようとした。やつらをもっとおびえさせることはできないだろうか？　おまえたちはすでに包囲されている、もうおしまいだぞ、と言ってやるとか？　いやいや、そんなことをしても、さっさと押されて炉の中に突っ込まれるだけだ。喉が詰まる。息が苦しい。脚を固定している革ベルトを見下ろす。最初のベルトは燃えて皮膚の上で溶けたから、いまは新しいベルトがついている。ふくらはぎがどくどく脈打ち、苦痛の叫びを上げている。だが……皮膚はすでにずたずただ。ベルトから引き抜けないだろうか？　やってみよう、とミカエルは決意を固めた。筆舌に尽くしがたい痛みだろう。だが、そんなことを考えている暇はない。ミカエルは目を閉じ、喉から言葉を絞り出した。

「大変だ、天井が崩れる」

イヴァンと名乗る男が天井を見上げる。その瞬間、ミカエルは大きく息を吸い込み、ベルトから両脚を引き抜いた。空気を切り裂くようなすさまじい叫び声を上げ、考える間もなくイヴァンの腹を蹴った。そこですべてがぼやけ、ぐにゃりと歪んだ。意識を失う前の最後の記憶は、スウェーデン語で叫ぶいくつもの声だった。

「あいつを撃て」

二〇〇八年五月

翌日、ベースキャンプへ下りている途中で、ふと記憶がよみがえった。猛吹雪(ふぶき)の中で、かすかにしか届かなかった言葉。彼らが耳にした、クララの最後の言葉。絶望に満ちた叫び。

「お願い、置き去りにしないで！」

とても耐えられるものではなかった。この言葉がこれから一生、死ぬまでずっと自分の中でこだましつづけるだろうと、その時点でもうわかっていた。だが、それだけの話でもなかった。自分はいま、確かに生きている。その事実にはめくるめくような力があって、彼は無事に下山できますように、そうしてレベッカの胸に抱かれることができますように、と何度も繰り返し神に祈った。そう、罪悪感にさいなまれていただけではないのだ。生き延びたいという思いもあり、したがって当然、感謝もしていた。ニマに対してだけでなく、スヴァンテにも。彼がいなければ、自分はあそこで死んでいたのだから。だが、それでもやはりスヴァンテと目を合わせることはできず、ニマ・リタのほうにばかり視線を向けていた。まあ、そうしているのは自分だけではなかったのだが。全員が不安げにニマを見つめていた。

ニマはぼろぼろの状態だった。ヘリで病院に搬送できるのではという話も出た。が、本人が援助を拒んだ。とりわけスヴァンテとヨハネスの助けは絶対に借りようとしなかった。ニマの存在が不安材料だったことも否定のしようがない。これから彼が復活したら、いったい何を話しだすだろう？　その懸念がヨハネスを苦しめた。スヴァンテはもっと苦しんでいるようで、ますます緊迫した空気が漂うようになった。が、ヨハネスは結局、考えるのをやめた。なるようにしかならない。エネルギーがなくなっていくにつれ、安全な場所が近づいてくるにつれて、生きたいという彼の意欲は完全な無気力に取って代わった。ついにレベッカを本当に抱きしめたときにも、夢見たような感情は湧かなかった。安心感も、彼女を恋い慕う気持ちもなかった。ただ、胸にずしりと重いものを感じた。

飲食をする気にはなれず、ただひたすら眠りつづけた。十四時間。目を覚ましたヨハネスは、ほとんど口をきかなくなった。目の眩むような高山の風景に、まるで灰が降り積もったかのようだった。どこにも、レベッカの笑顔にさえ、慰めを見いだすことはできなかった。人生そのものが死んでいるように感じられた。ただ、ひとつの考えだけが頭を占めていた——何が起きたかを話さなければ。だが、それはつねに延期された。スヴァンテが心配げな目でこちらを見ているから、というだけではない。ニマ・リタはもう山を登れない、という報告が入ってきた。あのことを話したら、自分は彼にとどめを刺すことになるのでは？　この山の偉大なる英雄、自分の命を救ってくれた恩人が、女性を猛吹雪の中に置き去りにした、と公表するのか？

そんなことはできないと思った。が、それでも、きっと話していただろう——ベースキャンプから下山中のあのとき、スヴァンテが近寄ってこなければ。場所はナムチェバザールのあたり、川がさらさらと流れる峡谷のそばだった。ヨハネスはひとりで歩いていた。レベッカは前のほうにいて、凍傷にやられた足指を心配するシャルロッテ・リヒターの面倒をみていた。そのとき、スヴァンテがヨハネスの肩に腕をまわしてきて、こう言った。

「何も言うわけにはいかないぞ。絶対に。わかるだろう？」

「すまない、スヴァンテ。ぼくは話すよ。そうしなきゃ、とても生きていけない」

「わかるよ、ヨハネス。わかるとも。だがな、おれたちはちょっと厄介な状況にある」スヴァンテはそう言うと、とてもやさしい声で、ロシア人どもにどんな弱みを握られているかを話した。それを聞いて、ヨハネスは、そういうことなら確かにしばらく様子を見たほうがいいのかもしれない、と答えた。
藁（わら）をもつかむ思いだったかもしれない。それは彼にとって、話さなければならないという義務感からの逃げ道だった。

厄介な地勢だった。もしこれが本当に目的の建物なら、ふつうの道路を走って近づくのは危険すぎる。代わりに森の中の小道を見つけ、ときおりタイヤを滑らせながら進んだ。そしていま、ブルーベリーの茂る森でバイクの脇に立ち、アカマツの陰から建物の様子を観察している。

初めのうちは、中に人のいる気配がいっさい感じられず、やはりこれはただの煙幕、自分を関係のない場所におびき出すための作戦にすぎなかったのだ、と確信した。前方の建物は厩舎（きゅうしゃ）のような長方形で、石とレンガで造られており、荒廃のしるしがいくつも見てとれた。屋根は修繕（しゅうぜん）が必要だし、外壁もペンキがはげてしまっている。リスベットのいる位置からは、車もバイクも見当たらない。が、やがて煙突から煙が出ていることに気づいて、作戦を決行するようプレイグに指示を出した。

その直後、建物からひょいと人の姿がのぞいた。黒っぽい服を着た長髪の男だ。ぼんやりとしか見えなかったが、不安げにあたりを見まわしているのはわかった。それで、もう間違いない、とリスベットは思った。

持参したＩＭＳＩキャッチャー、言ってみれば自前の携帯電話基地局を準備する。その数秒後、また別の男が顔をのぞかせた。やはり不安げな表情だ。あいつらにちがいない、という確信が深まってくる。かなりの人数がいるようだ。確かに、ミカエルを本当にここに監禁しているのだとしたら、相当な人数が必要だろう。リスベットは建物の写真を撮ると、ＧＰＳ座標を暗号化してブブランスキー警部に送り、警察が迅速に応援を送ってくれることを願った。それから建物に向かって歩きだした。危険はもちろん承知のうえだ。

あたりは平原で、身を隠せる場所はどこにもない。それでも、建物の側面にある、床まで届く大きなガラス窓から、中をのぞき込めないだろうかと考えたのだ。風が強く、空は暗く、リスベットはいつでも銃を出せる態勢で中腰になって歩いた。が、ほどなく退却した。近すぎるところまで行ったのに、中がまったく見えなかったのだ。窓に色がついていた。ふと危険を感じて、さっと振り返り、携帯電話を見た。どうやらＳＭＳを一通キャッチしたようだ。

あいつを始末してずらかるぞ。

このとき何が起きたのか、時が経ったいまとなってはなかなか理解しがたい。リスベットは、トヴェルスコイ大通りのときと同じだ、また躊躇（ちゅうちょ）している、と自分で感じた。が、同じ瞬間、監視カメラ映像にリスベットの姿を認めたコニー・アンデションは、まったく逆の印象を受けた。圧倒的な決意を秘めた人影が、森のほうへ走っていったように見えたのだ。

ボグダノフもパソコン画面に映ったリスベットの姿を見たが、コニーのように周囲に警告することはせず、ただ木々のあいだに消えていくその姿に、不本意ながらもつい見入ってしまっていた。それからの数秒間、彼女の姿は見えなかったが、やがて加速するバイクのエンジン音が聞こえて、またリスベットが画面に現われた——バイクにまたがり、猛スピードでこちらへ向かってきている。バイクは平原を飛び跳ねるようにして進んでいて、彼女の生きた姿を見るのはこれが最後だろう、とボグダノフは思った。

銃声が次々と響きわたり、ガラスが割れ、バイクが平原で急激にターンする。だが、ボグダノフがその場面を最後まで見届けることはなかった。ついに自由の身になるのだ、という抑えがたい欲求がにわかに湧き上がってきて、彼は脇のテーブルに置いてあった車のキーをつかんで逃げ出した。これはどう考えてもいい結末にはならない。自分たちにとっても、ワスプにとっても。

　ミカエルが目を開けると、靄のかかった中、すぐ目の前に男がひとりいるのが見えた。無精ひげを生やした締まりのない体型の男で、歳のころは四十代、長髪にエラの張った顎をしていて、目は充血している。両手が震えているせいで、握った銃も震えており、男は不安そうな目でいまだ息の苦しげなイヴァンを見やった。

「撃っていいのか？」男が叫ぶ。

「撃て」イヴァンが命じた。「ここを出なければ」それを聞いて、ミカエルは脚をばたつかせはじめた。ぼろぼろになった両足で、銃弾から身を守れると思っているかのように。男が集中した顔になり、額に皺が寄り、前腕の筋肉がぐっと締まるのが見えて、ミカエルが「やめろ、やめてくれ」と叫んだ瞬間、エンジンのうなる轟音が耳に届いた。車か、バイクか、とにかく猛スピードで近づいてくる音だ。銃を握った男が振り返った。

　周囲のあちこちで銃声が響いている。機関銃かもしれないが、判断はつかない。確かなことはただひとつ、エンジン音がまっすぐにこちらに向かってきていることだけだ。すさまじい衝突音があり、ガラスが粉々に割れて室内に飛び散った。バイクが轟音とともに飛び込んでくる。乗っているのは、黒い服を着た華奢な人物だった。女性のように見える。

バイクは前方にいる男たちのひとりと正面衝突し、その衝撃で女は壁のほうまで飛ばされた。

そのあいだも銃声は止まず、角張った顎の太った男も引き金を引いたが、狙った先はミカエルではなく、床に転がった女のほうだった。が、どうやらはずしたらしい。女は早くも動きだしている。荒々しい駆け足でこちらへ向かってきて、イヴァンの顔がこわばったのが見えた。恐怖のせいか、あるいは意識を集中させたのか。だが、ミカエルの意識はそこでとぎれた。新たな銃声や怒声が聞こえたが、彼はあまりの痛みと吐き気にふたたび失神していた。

カトリンとコヴァルスキー、フォシェル夫妻は、しばしインタビューを中断してテイクアウトのインド料理を食べた。が、いまはふたたび四人で居間に座っている。カトリンは集中力を取り戻そうと努めた。ベースキャンプから下山する途中、スヴァンテがいったい何を言ったのか、もっときちんと理解したかった。

「そのときは、ぼくのためを思って言っているんだとしか思わなかった」とヨハネス・フォシェルは言った。「スヴァンテはぼくの肩に腕をまわしてきて、もし話してしまったら、ほかのことでも追及されかねない、と言った。すでにまずい状況なのだから、と」

「どういうことですか？」

「GRUの責任ある立場の連中は、当然われわれの正体を知っている。グランキンが死んだことと、われわれが同じ山にいた事実のあいだに、何か関連があるのではないかと疑っているにちがいない。スヴァンテはやさしい声でこうも言った。『やつらが昔からきみを追いつめたがっていたのは知っているだろう？』と。そのとおりだった。GRUはぼくを危険人物とみなして疎ましがっていた。スヴァンテは、あいかわらずの理解ありげな口調で、ぼくに思い出させもした――向こうはおそらく、ぼくのコンプロマートを握っているだろう、と」

「コンプロマート？」

「弱みとなる情報、ということだ」

「具体的には？」

「アントンソン議員の件があった」

「商務大臣の？」

「そう。当時、ステーン・アントンソンは離婚したばかりで、ちょっとばかり混乱していた。二〇〇〇年代の初め、彼はアリーサという若いロシア人女性に恋をして、哀れなことに、その子に夢中で地に足がついていない状態だった。ところが、ぼくも同行したサンクトペテルブルク訪問の際に、彼はアリーサとホテルの部屋で浴びるようにシャンパンを飲んで、その最中に、彼女が機密情報について質問してきた。それでステーンもぴんときたんだろう。彼女は運命の女でも何でもなかった。典型的なハニートラップだ。それでステーンは怒りを爆発させた。大声を出して暴れだしたので、ボディガードが駆けつけてきて大騒ぎになった。アリーサから事情を聞くのはぼくに任せよう、などという馬鹿げたことを誰かが思いついた。それで、ぼくが部屋に呼ばれた」

「それで、どうなったんですか？」

「部屋に駆け込んでみると、真っ先にアリーサの姿が目に入った。レースのパンティーだの、ガーターベルトだの、まったく紋切り型の姿でね。完全に我を忘れて激昂していたので、ぼくはまず彼女をなだめようとした。すると彼女は、金を払えと怒鳴りだした。そうしなければアントンソンに暴力をふるわれたと訴える、というんだ。予想もしなかった展開に驚いたぼくは、ちょうどルーブルの現金をたくさん持っていたものだから、彼女に渡してしまった。まずい対応だったのはわかっている。だが、そのときはそうするしかないと思った」

「で、そのときに写真を撮られたかもしれない。そう恐れたわけですか？」

「そのとおり。スヴァンテにその件を思い出させられて、事はますますややこしくなった。

ベッカのことも考えた。どんなに彼女を愛しているか。実はだらしのない不埒な男だった（ふらち）

のか、と思われるのが怖かった」

「それで、黙っていることにしたわけですか」

「しばらく待って様子を見ようと決めた。ニマも何も話していないことに気づいて、さらに待った。そのまま時が経った。そうしているうちに、別の問題が起きた」

「別の問題？」

ヤネク・コヴァルスキーが答えた。

「ヨハネスがグランキンを引き入れようとしたことが、GRUにばれたんだ」

「どうしてそんなことに？」

「スタン・エンゲルマンが知らせたのだろう、とわれわれは考えた」とコヴァルスキーは続けた。「その年の夏から秋にかけて、エンゲルマンがほかならぬズヴェズダ・ブラトヴァに属しているという疑いが、ますます強まっていたからね。エンゲルマンの情報源となった人物が登山隊の中にいて、ヨハネスとヴィクトルが親しくなったという情報もそこから流れたのだろう、と考えていた。ニマ・リタこそがその情報源だろうと確信すらしていた」

「ところが、そうではなかった？」

「ああ、違った。それでも、GRUがどこかから情報を得ていたことは確かだった。確実な証拠は握られていないと思っていたが、それでも……スウェーデン政府にまで抗議が来た。ヨハネスがしつこく迫ったせいで、エベレストでのグランキンにストレスがかかり、それで彼は命を落とした、などという話まで出たんだ。そして、あなたも知ってのとおり、ヨハネスはロシアから追放された」

「それが理由だったわけですか」

「部分的にはね。そもそもロシアはあの当時、数多くの外交官を国外に追い出していた。とはいえ、ああ、理由のひとつであったことは確かだ。こちら側の関係者全員にとって、まったく大きな損失だった」

「だが、ぼく自身にとっては違った」ヨハネスが言った。「ぼくにとって、あれは新しい時代の幕開け、よりよい人生の始まりだった。軍を離れて、途方もない解放感を覚えた。愛する人と結婚して、父の会社を拡大して、子どもも生まれた。人生の素晴らしさをふたたび味わうことができた」

「そして、幸せは危険をもたらす」コヴァルスキーが言った。

「ひねくれすぎよ」レベッカが言う。

「だが事実だよ。幸せな人間は脇が甘くなる」

「ぼくは慎重さを失って、ごく当たり前のことすら推測できなくなっていた」ヨハネスが言った。「スヴァンテのことをずっと、信用できる、頼れる男だと思っていた。政務次官にまで任命した」

「でも、それは間違いだった？」カトリンが言った。

「そんな言葉ではとても足りないな。その直後から、いろいろな報いが降りかかってきた」

「あなたは虚偽情報拡散キャンペーンの標的になった」

「それもあるが、それより何より、ヤネクがぼくのもとを訪ねてきた」

「どういった用件で？」

「ニマ・リタのことで話があったんだ」コヴァルスキーが答えた。

「どういう話ですか？」

「つまり、こういうことだ」ヨハネスが言った。「ぼくはあれからも長いあいだ、ニマと連絡を取りつづけていた。経済面での支援をして、クンブ地方に家を建ててあげたりもした。しかし最終的には、何をしても意味がなくなってしまったんだ。ルナが亡くなったあと、彼の人生は音を立てて崩れていき、精神の均衡もすっかり失われてしまった。電話で連絡がついたのは二度だけで、そのときも彼の言っていることはほとんど理解できなかった。支離滅裂なことを口走るばかりだったんだ。彼の頭の中は完全な混乱状態で、誰もが彼の話を聞く気力を失っていた。とはいえ、危険な存在ではまったくなかった——あのスヴァンテすらそう踏んでいた。ところが二〇一七年の秋、状況が一変した。雑誌『ジ・アトランティック』のリリアン・ヘンダーソンという記者が、エベレストでの出来事について本を書いていて、その本は翌年、事件の十周年に合わせて出版される予定になっていた。リリアンは驚くほどよく調べていて、ヴィクトルとクララの恋愛のことだけでなく、スタン・エンゲルマンがズヴェズダ・ブラトヴァとつながっていることまで知っていた。クララとグランキンが山で死ぬことをエンゲルマンが望んでいた、などという噂についても調査していたんだ」

「それは大変」

「まったくだ。リリアン・ヘンダーソンは果敢にも、ニューヨークでスタンにもインタビューしていた。もちろんスタンはあらゆる嫌疑を否定したし、リリアンが集めた情報を立証できるかどうかも定かではなかった。エンゲルマンはそれでも、これは深刻な状況だ、と理解したようだ」

「それで、どうなったんですか？」

「リリアン・ヘンダーソンは迂闊にも、ネパールへ行ってニマ・リタに話を聞くつもりだ、と言ってしまった。さっきも言ったとおり、ニマ・リタはまったく無害な存在だったが、それはふつうの状況であれば、ということだった。彼のうわごとのどれが妄想で、どれが事実かを見分けてしまうかもしれない、知識の豊富な調査報道記者が相手では、そうも言っていられない可能性があった」

「事実、というのは？」

「たとえば、とりわけリリアンが注目していた点」コヴァルスキーが言う。

「つまり？」

「うちの在ネパール大使館にいた職員が、カトマンズでニマが出した張り紙を目にしたことがあった。いろいろなことが書かれていたが、その中に、山でマムサヒブを殺してくれとスタンに頼まれた、という一節があったんだ。もっとも、ニマは彼の名をエンジェルマンと書いていたので、まるで邪悪な天使が降臨して彼に命じたようにも読めたのだが」

「でも、それは事実だった、ということですか？」カトリンは尋ねた。

「ああ、われわれはそう考えている」とコヴァルスキーが答えた。「スタンはしばらくのあいだ、ニマ・リタを利用しようと考えていたようだ」

「そんなこと、本当にありうるんでしょうか」

「考えてもみてほしい。クララとグランキンが組んで自分の悪事を暴こうとしている、そう気づいたとき、エンゲルマンは崖っぷちに立たされていると感じたにちがいない」

「ニマの反応は？　それについてはご存じですか？」

「彼はもちろん、激しく動揺したはずだ」ヨハネスが答えた。「ニマの行動のすべて、仕事のすべては、人を助けることが前提だったからね。命を奪うことではなく。当然、スタンの頼みを聞き入れることはなかった。それでも結局は、クララの死に加担したような形になってしまい、その事実に苦しむことになった。想像に難くないだろう。罪悪感と被害妄想で完全におかしくなってしまったんだ。二〇一七年の秋、ヤネクがぼくを訪ねてきたとき、ニマはカトマンズで自分の罪を告白しようと必死になっていた。世界に向けて懺悔しようとしていたんだ」

「ああ、そんなふうに見えた」コヴァルスキーが言う。「私はヨハネスに、リリアン・ヘンダーソンの訪問を前にして、ニマの命が脅かされる危険性がある、と伝えた。スタンとズヴェズダ・ブラトヴァがニマを始末しようとするかもしれない、とね。するとヨハネスはすぐに、われわれには彼を保護して治療を受けさせる義務がある、と言った」

「で、そのとおりにしたわけですね」

「ああ」

「どういうふうに？」

「軍情報局のクラース・ベリィに話をして、イギリスの外交官専用機でニマをストックホルムに連れてきた。そして、オシュタ湾沿いのセードラ・フリューゲルン精神科病院に入院させたんだ。しかし、残念ながら……」

「何ですか？」

「そこで彼はたいした治療を受けられず、ぼくは……」ヨハネスが続ける。

「あなたは？」

「見舞いに行こう、行こうと思いつつ、あまり行けなかった。忙しかったから、というだけではない。彼の状態を見るのがつらかった」

「そうしてあなた自身は、幸せな人生を歩みつづけた」

「そういうことになるのだろうね。だが、それも結局、長くは続かなかった」

第三十三章

八月二十八日

リスベット・サランデルは、バイクで窓ガラスを割る瞬間に頭を下げ、次の瞬間には顔を上げた。革ベストを着た男がこちらに銃を向けているのが目に入って、そのままバイクでその男に突っ込んだ。衝突の衝撃が激しく、リスベットの体は宙を舞って壁に打ちつけられ、床に置いてあった鉄梁(てつりょう)の上に着地した。だが一瞬にして立ち上がり、柱の陰に身を隠して、建物内の詳細を確認した。男たちの人数、銃の数、距離、障害物。そして、奥のほうに——あの動画に映っていた炉。

白スーツ姿の男がそこにいた。ミカエルのすぐ脇に立ち、その顔に布を押しつけている。リスベットは気づいたときにはもうそちらへ向かっていた。内側から湧き上がってくる、抑えのきかない力に突き動かされて。ヘルメットに銃弾が当たる。周囲を弾が飛び交っている。リスベットも撃ち返した。炉のそばにいる男のひとりががくりとくずおれたのは収穫だったが、実のところ、これといった戦略があるわけでもなかった。

　ただ全力で突進した。白スーツの男がストレッチャーに手をかけ、ミカエルを炎の中へ送り込もうとしているのが見える。リスベットはまた撃ったが、狙いははずれたらしい。代わりにまっすぐ男に体当たりし、ふたりは絡み合ったまま床に倒れた。そのあとは、はっきりしたことは何もわからず、とにかく何もかもがめちゃくちゃだった。

　なんとか把握できたのは、自分が頭突きをして男の鼻を折ったということ。それから立ち上がり、影のように現われた男をもうひとり撃ってから、ミカエルの片方の腕を拘束していた革ベルトをはずすことに成功した。いまいましいことに、これが大きな間違いだった。が、どうしてもはずさなければと思ったのだ。ミカエルが乗せられているストレッチャーにはレールがついていた。ひと押ししただけで炉の中に入ってしまう。革ベルトをはずすのにかかった時間は、たったの数秒だった。が、そのあいだにリスベットの注意がそれた。

　彼女は背中を殴られ、腕を撃たれて、前のめりに倒れた。蹴りをかわすこともできず、そのせいで銃が手から離れてしまった。まずい。最悪の事態だ。立ち上がる前にまわりを囲まれた。すぐに撃たれるだろうと確信した。が、緊迫した、どこかとまどったような空気が男たちのあいだに流れている。命令を待っているのかもしれない。

なんといっても最初から、リスベットこそが彼らの標的だったのだ。彼女は打開策を探してあたりに視線を走らせた。床に倒れた男がふたり、負傷してはいるがまだ立っているのがもうひとり。敵の数は三人。ミカエルは使いものにならない。意識が朦朧としているようだし、それに、脚が……

リスベットは目をそらし、チンピラどもに向き直った。スヴァーヴェルシェー・オートバイクラブのヨルマとクリッレだとわかった。怪我をしているのはペーテル・コヴィッチで、立っているのがやっとのようだ。突ける弱点があるとすればこの男だろう。クリッレも万全の状態とは言いがたい。さっきバイクでぶつかったのはこいつだろうか？

やや離れたところに、別の部屋へつながる青いドアが見えて、敵は当然あの中にもいるのだろうとリスベットは考えた。さっき頭突きを見舞った男が、背後でうめきながら動いているのが聞こえる。こいつがガリノフだろう。危害を加えてくる可能性はまだある。リスベットの腕からは血がどくどくと流れ出していて、ますます実感が湧いてきた——もうあとがない。下手に動けばたちまち撃たれる。それでもあきらめるつもりはなかった。秒の速さで思考が切り替わる。ここにはどんな電子機器がある？　カメラは当然あるだろうし、パソコンと、通信機器と、ひょっとしたら警報装置も。いや、でも……いま自分の手に届くものは何もない。しかも電気は止めてしまったではないか。

時間を稼ぐ以外にできることはなく、リスベットはまたミカエルのほうを見やった。彼が必要だ。借りられる助けはすべて借りたい。前向きに考える必要もありそうだ。さしあたりミカエルの命は救ったではないか——一時的に、ではあるが。それを除けば、何もかもが失敗だった。トヴェルスコイ大通りで躊躇してしまったあの日からずっと、トラブルを起こし、人を苦しませるばかりだった。リスベットがこうして自分をののしっているあいだも、その脳は解決策を探していた。

男たちの動きを観察し、さまざまなものへの距離を目測する。ガラス窓にあいた穴、自分のバイク、長い鉄の棒——確か、ポンテ竿という名前だった。ガラス職人が使う道具。いまは床に転がってほこりをかぶっている。頭の中で行動計画が生まれては却下される。建物の中を細かいところまですべて撮影しているかのように観察し、物音やその変化にも耳をすましていたが、その一方で、予兆のようなものも感じた。次の瞬間、例の青いドアがいきなり開いて、あまりにもよく知っている人物が、カツ、カツとヒールを鳴らしながらこちらへ向かってきた。勝ち誇ったようでありながら、同時に切羽詰まったような音でもある。不穏で厳粛な空気が室内に満ちた。リスベットの背後で、ぐったりと疲弊しきった声がロシア語で言った。

「なんということだ、キーラ。まだいるのか？」

二〇一七年九月三十日　カトマンズ

ニマ・リタは、死者が火葬されるバグマティ川からほど近い裏通りで、地面に膝をついて座っている。汗をかきながらも着ているダウンジャケットは、チョ・オユーの岩の割れ目でルナを最後に見たときに着ていたのと同じものだ。ルナの姿が目の前に見える。割れ目の底でうつぶせに倒れ、まるで飛んでいるかのように両腕を広げている。そして、あちら側の世界から呼びかけてくるのだ。

「お願い、置き去りにしないで！」

マムサヒブと同じように叫んでいる。マムサヒブと同じように孤独で、絶望している。考えるだけでも耐えがたく、ニマ・リタはビールをごくごくと飲んだ。それで叫び声が聞こえなくなるわけではない——何をしても聞こえなくなりはしない——が、ビールを飲めば少しは静かになる。伴奏のようにつきまとっているまわりの世界の歌も、少しだけ穏やかになる。ニマは自分のすぐ脇を見やった。よかった、瓶はまだ三本残っている。まずはこれを飲もう。それから病院に戻り、リリアン・ヘンダーソンに会う。自分に会うために、わざわざアメリカから来てくれたのだ。一大事だった。この長い歳月の中で、彼に希望を与えてくれた唯一の出来事と言ってもいい。もちろん、いずれはリリアン・ヘンダーソンにも背を向けられてしまうのではないか、という不安はあったが。

ニマは呪われている。誰も話を聞いてくれなくなった。どんなに言葉を尽くしても、すべて川辺の灰のように舞い散ってしまう。人々はまるで厭わしい病気を避けるように、伝染病を恐れるかのように、彼から逃げていくのだった。それでもニマはつねに山の神々に祈っていた——リリアンのような人が、いずれわかってくれますように、と。何を話すかはもう決めてある。自分が間違っていたと伝えたい。マムサヒブは悪い人ではなかった。本当に悪いのは、彼女を悪人呼ばわりした連中のほうだった。サヒブ・エンゲルマン、サヒブ・リンドベリ、彼女を死なせたがった人々。ニマをだまし、おぞましい言葉を耳打ちしてきた人々。邪悪なのは彼らのほうだ。あの女性ではない。そう伝えるのだ——だが、本当に伝わるだろうか？　ニマは病気なのだ。自分でもそうとわかっている。

彼の頭の中では、あらゆることがまじり合っていた。マムサヒブを雪の中に置き去りにして死なせただけでなく、ルナのことも同じように死なせたような気がしていた。だから、いまなお日々ルナに恋い焦がれ、その死を悲しんでいるのと同じ強さで、マムサヒブのことも愛し、その死を悲しまずにはいられなかった。こうして不幸は倍になった。百倍になった。だが、今度こそしっかりしなければ。さまざまな声をちゃんと聞き分けるのだ。話をややこしくして、リリアンをおびえさせ、彼女に逃げられてしまうことのないように。ほかの人々はみんな逃げてしまったのだから。だからひたすらビールを飲んだ。目を閉じたまま、一本、また一本と、勢いよく。あたりにはスパイスと汗のにおいが漂っている。かなりの混雑だ。そんな中で、すぐそばまで近づいてくる足音が聞こえて、ニマは顔を上げた。男がふたり立っている。片方は年配で、もう片方は若い。イギリス英語でこう言った。

「あなたを助けるために来ました」

「マムサヒブ・リリアンに話さなければ」とニマは言った。

「話すことならできますよ」と彼らは答えた。

それからどうなったのかはよくわからない。わかったのは、いくらもしないうちに車で空港へ向かっていたこと、リリアン・ヘンダーソンには結局会わせてもらえなかったことだけだ。わかってくれる人はやはり現われなかった。何度神々に許しを乞うても無駄だった。希望は失われた。

このまま死ぬしかないのだ。

カトリンは身を乗り出し、ヨハネス・フォシェルの目を見つめた。

「ニマ・リタが記者と話したがっていたのなら、なぜ会わせてあげなかったんですか？」

「話ができる健康状態ではないと判断されたんだ」

「さっき、彼はろくな治療を受けられなかった、とおっしゃっていましたよね。きちんと話をするための支援すら受けられなかったのはどうしてですか？」

ヨハネス・フォシェルは視線を落とした。その唇が不安げにおののいた。

「それは……」

「……そうなることを、あなたが心の底では望んでいなかったから」相手をさえぎって続けたカトリンの声は、本人が意図したよりも険しくなった。「自分の幸せを壊したくなかったから。違いますか？」

「ちょっと」ヤネクが口をはさんだ。「少しは手加減してやってくれないか。この一件の悪者はヨハネスではないんだ。それに、さっきも話したとおり、幸せな時間はさほど長くは続かなかった」

「これは失礼」とカトリンは言った。「続けてください」

「謝ることはないよ」ヨハネスが言った。「もちろんあなたの言うとおりだ。ぼくが意気地なしだった。ニマのことを意識の隅へ追いやろうとした。そのうち自分の人生だけで手一杯になった」

「バッシングの嵐のせいで？」

「それについては、とくに深刻には受け止めていなかった」とヨハネスは言った。「あれはただの策略、偽情報を広めるキャンペーンだとわかっていたから。そうではなくて、真の破局はこの八月にやってきた」

「何があったんですか？」

「ぼくはその日、国防省の自分の執務室にいた。すでにその数日前、ニマがセードラ・フリューゲルン病院からいなくなったと聞いていたから、心配で、そのときもニマのことを考えていた。そこにスヴァンテが入ってきて、何かがおかしいと気づかれてしまった。そう、スヴァンテにはニマをストックホルムに連れてきたことを伝えていなかったんだ。ひとことも。ヤネクのグループからそう命じられていたから。だがそのとき、ぼくの中で何かが壊れた。スヴァンテが人を思いどおりに操ろうとする男だというのは承知していたが、それでもぼくは危機に直面すると彼に頼ることが多かった。エベレスト以来、そうなってしまっていた。だから、ぼくは彼にすべてを話した。止められなかった」

「スヴァンテの反応は？」

「冷静だった。落ち着いていたよ。もちろん驚いてはいた。だが、こちらを不安にさせるようなそぶりはいっさいなかった。ただ、こくりとうなずいて、部屋を出ていった。きっとなんとかなる、とぼくは思った。クラース・ベリィにはすでに知らせてあって、彼が必ずニマを見つけて病院に連れ戻すと約束してくれていたしね。ところが、何も起きなかった。八月十六日の日曜日になってようやく、スヴァンテから電話があった。ストックスンドにあるぼくたちの自宅の前に車を駐(と)めて、そこから電話をかけてきていて、話がある、と言うんだ。携帯は置いてこいと言われたから、何か外部に漏れてはまずい話なのだろうと察せられた。車の中では大音量で音楽が流れていた」

「それで、彼は何と？」

「ニマが見つかった、と。彼がエベレストでの出来事を書いた張り紙をしていたことがわかった。ジャーナリストと接触しようとしていたことも。あの件をいま公(おおやけ)にするわけにはいかない、とスヴァンテは言った。すでに窮地に立たされているのだから、と」

「あなたの返答は？」

「実を言うと、よくわからない。もう片はつけたから心配しなくていい、とスヴァンテが言ったのは覚えている。ぼくは激怒した。いったい何をしたのかはっきり教えろ、と彼に迫った。すると、彼は落ち着きはらってこう答えた。『教えたいのはやまやまだが、そうしたらおまえも巻き込まれてしまう。おまえも同罪になるぞ』と。ぼくは『そんなことはどうでもいい、何をしたのか言え』と怒鳴った。それで、ようやくあいつは口を割った」

「どんな話をされたんですか？」

「ノーラ・バーントリエット広場でニマ・リタを見つけて、準備しておいた酒瓶を渡した、ニマはこちらが誰かわかっていなかった、と。その次の日、ニマは静かに息を引き取った。そう言ったんだ。『静かに息を引き取った』と。そして、こう付け足した——自然死か、せいぜい薬のやりすぎで死んだのだろうと、誰もが思うはずだ。あいつ、まるでゴミみたいな状態だったからな。ゴミ、という言葉に、ぼくは頭に血がのぼって大声を出した。警察に通報する、おまえは無期刑になるぞ、と怒鳴った。もっとひどいこともいろいろ叫んだ。完全に理性を失っていた。ところがスヴァンテは落ち着きはらってこちらを見つめているだけだった。そのときになって、やっと気づいたんだ。すべてがはっきりした。まるで頭に稲妻が落ちたようだった」

「何がはっきりしたんですか？」

「スヴァンテがどういう人間なのか。どんなことのできる人間なのか。あまりにもいろいろなことが腑に落ちて、どこから話せばいいのかわからないくらいだ。が、そのとき、エベレストで飲んだブルーベリースープのことを思い出したのは覚えている」

「ブルーベリースープですか?」カトリンは驚いて訊き返した。

「スヴァンテには、栄養価の高いブルーベリースープを作るダーラナ地方の企業がスポンサーとしてついていた。知っているだろうが、ブルーベリースープはスウェーデン独特のもので、ほかの国ではめったに飲まない。ところがあのときエベレストでは、スヴァンテが熱心にあれを勧めるものだから、登山隊の全員が飲むようになったんだ。それで、スヴァンテの車の中でわめき散らしていたぼくは、ふとあることを思い出した。第四キャンプで、山頂をめざして出発する直前、シェルパたちが下から運んできてくれたブルーベリースープの瓶を、スヴァンテが配ったんだ。彼がヴィクトルとクララにひと瓶ずつ、手ずから渡していたところを思い出した。そのあとふたりの具合が悪くなったことに思い至って、それで……」

「彼が瓶の中身に何か混ぜ物をしたのは、これが初めてではない、と気づいた」

「立証はできないし、本人が認めたわけでもない。それでも、そういうことだったのだ、とぼくは悟った。スヴァンテがふたりのブルーベリースープに、何か体力が弱まるようなものを入れた。睡眠薬も入れたのかもしれない。スヴァンテとエンゲルマンはグルだったのだ、とも気づいた。自分たちの保身のため、ズヴェズダ・ブラトヴァを守るために動いていたのだ、と」

「でも、警察に通報する勇気はなかったわけですね？」

「ああ。それで精神的にまいってしまった」

「スヴァンテにどんな弱みを握られていたんですか？」

「アントンソン商務相を誘惑した女性に、ぼくが金を渡したときの写真は、もちろん彼が持っていた。それだけでも相当なものだが、そこでは終わらなかった。まだまだ先があった。ぼくが買春をして、女性たちに暴力をふるっていた、という証言がいくつもあるというんだ。証拠もどっさり揃っている、と。あまりに馬鹿げていて、ぼくは口をあんぐり開けるしかなかった。女性をそんなふうに扱ったことは一度もない。そうだろう、ベッカ？だが、そのときスヴァンテの顔に浮かんでいた表情を見て、ぼくはようやく悟った」

「何をですか？」

「捏造であろうとなかろうと何の関係もないということだよ。ぼくたちがかつて友人同士だったことにすら、何の意味もない。スヴァンテは目的のためならぼくをつぶすことも厭わない、そういう男なのだ、と。いまだに忘れられないのは、おれに喧嘩を売るつもりなら、ニマ・リタを殺した罪もおまえに着せてやる、と言われたことだ。ぼくは心底震え上がった。ベッカ、このままではぼくたち家族が完全に破滅させられる、そう思ったんだ。それで耐えられなくなった。反撃に出る代わりに休暇を取り、サンド島へ逃げた。そのあとは、きみたちも知ってのとおりだ。こんな事実を抱えて生きていくのがつらくなって、海へ走った」

「反吐の出そうな悪党ね」とカトリンは言った。

「言葉にならない」レベッカも言う。

「スヴァンテがどっさり揃っていると言っていた証拠は、本当に存在するんでしょうか。それとも、ただの脅し？」

「残念ながら、存在する」ヤネクの声には、それまでとは違う重みがあった。「だが、その話も、きみがしたほうがいいかもしれないな、ヨハネス。助けが要るようなら、私が補足するとしよう」

キーラは、大人になってからずっと待ち望んできた光景を前にして……この感情は、いったい何だろう？……いちばん強く感じているのは、たぶん、落胆だ。ついに終わりが来てしまって、これ以上夢想できないから、というだけではない。想像していたほどには勝利の喜びを感じないのだ。せっかくの瞬間が、あたりに漂う焦りと不安で汚されてしまっている。だがそれ以上に、リスベットに落胆させられた。

リスベットは、キーラが期待していたような姿ではなかった。打ちのめされてもいなければ、おびえてもいない。うつぶせに倒れ、腕から血を流しているリスベットは、言葉にならないほど汚らしく、か細かった。それでもどことなく、いまにも飛びかからんとするネコ科の動物のような雰囲気がある。まるで攻撃に転じようとしているかのように、床に肘をついて上半身を支えている。黒い瞳はそこにいる全員を通り過ぎて、出口の扉に向けられていた。それだけでも——自分が彼女の目にすら入っていない、そう感じさせられただけでも、キーラを激怒させるには充分だった。こっちを見なさいよ、と叫びたくなった。いい、わたしを見て。だが、そんなふうに内面をさらけ出すわけにはいかない。

代わりに、こう言った。

「やっと網にかかったってわけ」

リスベットは答えなかった。室内をさまよっていたその視線はいま、ミカエルの焼けただれた両脚と、その奥の炉に向けられている。炉の金属に映る自分自身を探しているようにも見えて、キーラの気分は少し上向いた。ああ見えても少しはおびえているのかもしれない。

「あんたも焼かれるのよ、ザラと同じように」そう言ってやると、姉はやっと答えた。

「それで気分が晴れると思う？」

「あんたこそ知ってるんじゃないの？」

「ちっとも晴れない」

「わたしはあんたとは違う」

「カミラ、わたしが何を後悔してるか、わかる？」

「あんたの後悔なんてどうでもいい」

「ちゃんと見てなかったこと。後悔してる」

「ふざけないで」

「ふたりでいっしょに、あの男に立ち向かわなかったことも」

「そんなこと、絶対に……」カミラはそう言ったものの、その先を続けることはできなかった。自分が何を言いたいのかさっぱりわからないせいか、あるいは、何を言ってもおかしなことになるとわかっていたからか。だからカミラはそこで口をつぐんだ。それから大声を上げた。

「この女の脚を撃って、炉に入れなさい」それでようやく、ぞくぞくするような興奮を胸に感じた。

ところが、役立たずどもは命じられたとおりに撃ったものの、一瞬の躊躇(ちゅうちょ)があったのだろう。リスベットはすでに身を翻(ひるがえ)していて、ブルムクヴィストがいつのまにか立ち上がっていた。いったいなぜそんなことに？　あとずさったカミラは、リスベットが錆(さ)びた鉄棒を床から拾い上げるのを見た。

リスベット周辺で起きた混乱の陰で、ミカエルは手も革ベルトから引き抜くことができたので、この脚では体を支えきれないと思いつつも、立ち上がる決意を固めた。血中をめぐるアドレナリンの力も手伝って、なんとかまっすぐに立つことができ、彼は脇のテーブルに置いてあったナイフを一本つかんだ。

ほんの数メートルしか離れていないところで、リスベットが鉄棒を手に持ったまま床を転がった。バイクにたどり着き、猛烈な勢いで愛車を床から起こす。初めの数秒は銃弾をよける盾代わりにしていたが、やがて飛び上がってバイクにまたがり、エンジンをかけたかと思うと、そのままガラス窓の穴を抜けて畑の向こうへ消えていった。あまりに予想外の展開に、チンピラどもも撃つのを忘れて動きを止めた。なんだ、逃げたのか？

意味がわからない。が、エンジン音は間違いなく遠ざかっていき、しまいには聞こえなくなった。ミカエルは冷たい風にさらされたような心地がした。

炉の中で燃えさかる炎を見やり、焼けただれた自分の脚を見下ろす。こうなると手の中のナイフはみじめでしかない。死闘の最中に小枝を握りしめているようなものだ。ミカエルは痛みに耐えきれず床に倒れた。それからしばらくのあいだは、何も起きなかった。

全員が不意を突かれて凍りついたままだった。荒い息遣いやうめき声が聞こえ、ミカエルに苦痛をもたらした張本人、イヴァンが起き上がる音もした。鼻は折れて血にまみれ、スーツは灰と血で汚れていて、すぐにここを出ていかなくては、とつぶやいている。カミラは彼と目を合わせ、頭を曖昧に動かした。イエスともノーとも取れる動きだった。あるいは何の意味もなかったのかもしれない。彼女もほかの連中同様ショックを受けた様子で、小声で悪態をつき、怪我をして床に倒れている男を蹴った。遠くのほうで、別の男が、ボグダノフがどうのと叫んでいる。

ちょうどそのとき、新たな音がミカエルの耳に届いた。加速しながらこの建物に突進してくるエンジン音。リスベットにちがいない。いったい何をするつもりだ？　こちらに戻ってきているが、前回ほどのスピードはなく、行き先もガラス窓にあいた穴ではなかった。ミカエルのほうに、炉のほうに向かってくる。チンピラどもがまた銃撃を始めた。見境のない、熱に浮かされたような勢いだ。だがエンジン音は変わらず近づいてくる。そしていま、ミカエルの目の前の窓からバイクが轟音とともに飛び込んできた。

ガラスの破片が室内に飛び散り、イヴァンの頭や肩に降り注ぐ。ふたたび見えてきたリスベットの姿に、彼はまるで亡霊でも見たかのようにびくりと体を震わせた。無理もない。リスベットは死人のように蒼白で、完全に正気を失っているように見えた。もうハンドルは握っておらず、代わりに鉄棒を握っていて、男たちのひとりが握っていた銃をそれでたたき落とした。それからストレッチャーのほうに突進してきて、ミカエルに覆いかぶさるように倒れ、そのまま壁にぶつかった。が、一瞬でまた立ち上がり、床の上を滑っていった銃をつかんで、引き金を引いた。

建物全体が稲妻のようにチカッと光る。ミカエルは何がどうなったのかわからないままだった。銃声や怒声、足音や呼吸が聞こえ、うめき声が響き、人の倒れる音もする。その騒音がようやく、少なくとも一時的には静まって、ミカエルは行動に出ようと決めた。何かしなければ。何でもいいから。

手にナイフを握ったままであることに気づく。立ち上がろうとしたが無理だった。痛みがひどすぎる。が、もう一度試みると、なんとか立つことはできたが、すぐによろめいた。際限のない痛みだった。朦朧とした目であたりを見まわすと、立っている人間は三人しかいなかった。リスベットと、イヴァン、カミラだ。

リスベットだけが銃を手にしている。いまや彼女のほうに分があった。すべてを終わらせることのできる立場にいる。それなのに、何も起きなかった。リスベットは奇妙なほど身じろぎしない。動きの途中で凍りついてしまったかのようだ。目さえも動いておらず、まばたきすらしていないように見えた。何かがおかしい。ミカエルの胸に恐怖が突き刺さる。そして、見えた――リスベットの手が震えている。

撃てないのだ。その機に乗じて、イヴァンとカミラがそれぞれの側から近寄ってくる。出血して弱っているイヴァンと、怒りにうち震えるカミラ。それから数秒間、カミラは狂気に近い憎しみのまなざしで姉をにらみつけていた。それから突然、まるで撃たれたがっているかのように、姉に向かってまっすぐ突進した。が、リスベットは撃たなかった――今回も。

彼女は突きとばされて炉のほうに倒れ、脇のレンガに頭をぶつけた。その隙にイヴァンが駆け寄り、リスベットをがっしりとつかむ。遠くのほうで男がひとり立ち上がった。ミカエルとリスベットの命運はまたもや尽きたようだった。

第三十四章

八月二十八日

「絶望が増すばかりの日々だった。原因は恐怖だけじゃない」とヨハネス・フォシェルは言った。「自己嫌悪もあった。スヴァンテはぼくを脅しておびえさせただけじゃない。ぼくの自己像をすっかり歪(ゆが)めてしまった。彼がぼくになすりつけようとした罪が、血管内へしみ込んできたかのようで、自分は生きる価値のない人間だと思えてきた。さっきマスコミのバッシングの話が出ただろう。あれについては本当に、真剣に悩んだことは一度もなかったんだ。ところが車の中でスヴァンテと話したあと、これまでに言われてきたことは全部本当だ、現実だ、という気がしてきた。すべてが皮膚の一部になったみたいだった。ぼくは何もできなくなった。サンド島では完全な麻痺(まひ)状態で、ずっと横になっていた」

「でも、電話で怒鳴ってたことがあったでしょう」レベッカが言った。「まだあらがう気があるように聞こえたけど」

「ああ、確かに、闘いたいという気持ちもあった。ヤネクに電話して状況を話した。何度も電話を手に取って、首相と警察庁長官に連絡しようと考えた。何らかの行動を起こそうとはしていたんだ。少なくとも自分ではそう思いたい。だが、ぼくが休暇を取ったことで、スヴァンテは心配になったんだろう。サンド島までやってきた。いま思えば、たぶんぼくを見張っていたんだ」

「なぜそう思うんですか？」カトリンが尋ねた。

「ある日の午後、ベッカが買い物に出かけた隙に、スヴァンテがいきなり訪ねてきて、浜辺で立ったまま話をしたんだ。そのときに証拠の書類を見せられた」

「どんなものだったんですか？」

「もちろん捏造（ねつぞう）だが、気味が悪いほどていねいに作ってあって、あざだらけの女性たちの写真、被害者の証言、警察に出された被害届のコピー、目撃者の証言、科学捜査の結果を記した証明書らしきものもあった。とにかく広範な資料が揃っていて、どう見てもプロの仕事だった。この内容なら、たくさんの人が長いあいだ、これをまぎれもない真実として受け止めるだろう、そうしてぼくは取り返しのつかないダメージを負うだろう、とすぐにわかった。そのあと別荘の中に戻って、あたりを見まわしたときのことを覚えている。そこにあった何もかもが——包丁、二階の窓、コンセント、すべてが自分を傷つけることのできる道具として目に入った。あの瞬間は、死にたい、と本気で思った」

「それでもまだ、完全にあきらめてはいなかっただろう、ヨハネス」ヤネクが言った。

「闘志はまだ少し残っていた。私にもう一度電話をして、話してくれた」

「ああ、そうだ。そのとおりだ」

「きみがくれた情報のおかげで、われわれはスヴァンテ・リンドベリが二〇〇〇年代初めにズヴェズダ・ブラトヴァに引き入れられた確証を得た。彼が腐敗しきっていることを知っただけではない。本当は何があったのかもついに理解した」

「彼がグランキンとクララ・エンゲルマンに毒を盛った、と？」

「動機の全貌がはっきりした。スタン・エンゲルマンと同じように、スヴァンテ・リンドベリもまた、クララとヴィクトルがいろいろなことを公(おおやけ)にしかねないのを恐れていた。実を言えば、グランキンはおそらく、スヴァンテとズヴェズダ・ブラトヴァとのかかわりまでは知らなかったと思う。が、それはあまり関係がない。いったんそういう組織に引き込まれたら、命じられたことはやるしかないんだ。ズヴェズダ・ブラトヴァにはその時点で、ヴィクトルとクララを消す理由がいくらでもあった」

「なるほど、わかってきました」とカトリンは言った。

「それはよかった」とヤネクは答えた。「では、スヴァンテがクララを山中に置き去りにしたがったのは、単に友人を助けるためではなかった、というのもわかるだろうね」

「クララの口を封じたかったんですね」

「死にかけた彼女がよみがえったとき、ズヴェズダ・ブラトヴァにとっての危機もよみがえったわけだ」

「ひどすぎますね」

「まったくだ。ところが、われわれは不幸なことに、こうした新情報の数々に集中しきっていて、ヨハネスへの連絡を怠ってしまった」

「この大変なときに、彼を放ったらかしにしたのよ」レベッカが言った。

「ヨハネスは支援を受けてしかるべきだったのに、われわれはそれを怠った。胸が痛んでしかたがない」

「自業自得ね」

「ああ、そのとおりだ。とにかくすべてのめぐり合わせが悪く、すべてが不当だった。話を最後まで聞いてくれたいま、きみも同意見であることを願っているよ、カトリン」

「同意見、ですか？」

「ヨハネスはつねに正しいことをしようとしていた」

カトリンは答えなかった。携帯電話のニュース速報を凝視している。
「何かあったの？」レベッカが尋ねる。
「モルゴンサーラに警察が出動しているそうです。ミカエルと関係のあることかも」

リスベットはレンガの壁で頭を打ち、炉の熱気が襲いかかってくるのを感じた。しっかりしなければ。これは自分のためだけではないのだ。が、勝負はもう決まっていた。アイロンで男に火傷を負わせることはできる。男の腹に文字を刺青してやることも、完全に常軌を逸した行動を取ることもできる。それでも、妹を撃つことはできないのだ——自分の命がかかっている状況であっても。

また躊躇してしまったせいで、いま、リスベットはあらためてそのことを思い知らされた。つかまれ、炉の中へ突っ込まれそうになっている。周囲で荒れ狂う狂気の中、撃たれた腕をカミラに倒れ込むところだったが、なんとか踏みとどまった。少し離れたところにいる男が——おそらくヨルマだ——拳銃を向けてきたのが見えて、リスベットは撃ち返した。弾は相手の胸に当たった。周囲の全方向に動きがあり、どこも危険だらけだ。今度はガリノフがかがみ込んで床に落ちていた銃をつかんだので、リスベットはそちらに向かって引き金を引こうとした。が、間に合わなかった。

ミカエルが倒れたのだ。痛みに顔を歪めている。が、倒れる途中でガリノフの肩にナイフを突き刺すことに成功していた。カミラが一歩あとずさり、底の見えない憎しみのまなざしでリスベットの目を見据える。全身が震えていた。脚に力をこめ、リスベットを炉の中へ突きとばすべく突進した。が、リスベットはすんでのところで一歩脇に退き、カミラは突進の勢いを止めることができなかった。ほんの一瞬の出来事だった。

それでも、不思議なほどゆっくりと見えた。カミラの動き、前につんのめって倒れるところ、両手を振りまわしているところ。それだけではない。音も聞こえた。体が炎の中に着地した音、肌のじりっと焼ける音。髪に火がつき、続く悲鳴は炎にかき消された。必死になって立ち上がろうとしているところ、そして、よろよろと炉から離れようとするその姿。髪にもブラウスにも火がついたままだ。

カミラが叫び、頭を振り、両腕を振りまわしているあいだ、リスベットはすぐそばでじっと立ったままその光景を見つめていた。一瞬、妹を助けてやるべきだろうか、という考えが浮かんだ。が、結局ぴくりとも動かずにいると、あることが起きた。カミラがふっと静かになったのだ。まるで凍りついたかのようだった。何が起きたのかはよくわからない。おそらく炉の縁の金属に映った自分自身が目に入ったのだろう。急にまた叫びだした。

「わたしの顔、わたしの顔が！」

命よりも大事なものを失ったような声だった。それでもなんとか行動を起こした。さっとかがんでガリノフが取り落とした銃を拾い、姉に銃口を向けた。リスベットは当然びくりとした。さすがにこのときは撃ち返す覚悟も決まった。

カミラの髪はまだ燃えている。おそらくそのせいでよく見えないのだろう。まるで暗闇の中を手探りで進んでいるように、銃を構えたままふらふらとさまよっている。リスベットは引き金に指をかけ、いつでも引ける状態にした。そして、ほんの一瞬、本当に引き金を引いたのだと自分で思った。銃声が響いたのだ。が、撃ったのはリスベットではなかった。

カミラだった。自分の頭を撃ち抜いたのだ。リスベットは無意識のうちに手を差しのべ、何か言おうとした。が、発せられた言葉はひとつもなかった。カミラは倒れ、リスベットはじっとしたまま妹の体を見下ろした。全世界が彼女の思考をかすめていく。炎と破壊に包まれた世界が。

母親に思いを馳せる。自分のメルセデスの中で火だるまになったザラを思い出す。やがて頭上からヘリコプターの音が聞こえ、リスベットはカミラとガリノフからそう遠くないところで、やはり床に倒れているミカエルを見やった。

「終わった?」ミカエルが言う。

「終わった」リスベットがそう答えた瞬間、外から警察官たちの大声が聞こえ、彼らが建物に近づいてくるのがわかった。

第三十五章

八月二十八日

ヤン・ブブランスキー――〝ブブラ（〝泡、あぶく〟の意）〟の愛称で呼ばれることもある――は、かつてガラス工場だった建物の前に広がる畑を歩いた。あたりは警察官や医療スタッフでごった返している。生中継を行なっているテレビクルーも見えた。ミカエルをはじめ、負傷者の多くはすでに搬送されたと聞いている。だが驚いたことに、遠くのほうに駐まっている救急車の中に、よく知っている人影が見えた。救急車のドアは開いており、見えた人物は傷だらけで、汚れていて、髪は炎で焦げ、腕に包帯を巻かれていた。グレーの毛布に包まれた死体が担架で建物から運び出されるところを、うつろな目で眺めている。ブブランスキーはためらいながらも近づいていった。

「リスベット、どうだね、具合は？」

彼女は答えなかった。顔すら向けてこない。ブブランスキーはそのまま続けた。

「礼を言わせてくれ。きみがいなければ……」

「こんなことは起きなかった」リスベットが彼をさえぎる。

「自分にそうつらく当たるものではないよ。ただ、約束してほしいことが……」とブブランスキーは切り出したが、今回も最後までは言わせてもらえなかった。

「約束はしません」と言ったリスベットの声に、ブブランスキーは慄然（りつぜん）とし、またもや天界にいる堕天使のイメージを抱いた。誰にも仕えず、誰にも属さない。彼は気まずい笑みを浮かべると、リスベットをできるだけ早く病院へ搬送するよう救急隊員を促（うなが）した。

それから、畑を歩いて近づいてくるソーニャ・ムーディグのほうを向き、すでに数えきれないほど何度も考えていることを、また考えた——自分はもう、こんな狂気と向き合うには歳をとりすぎている。海でも、どこでもいい、どこかはるか遠くて静かなところに行きたいと思った。


四人とも、自分の携帯電話をじっと見つめている。スウェーデン公営テレビのレポーターが現場からの生中継で、ブルムクヴィストとサランデルが建物から運び出された、負傷はしているものの生存が確認された、と伝えている。カトリンは目から涙がこぼれ落ちていることに気づいた。両手が震え、目は宙を見つめている。誰かが肩に手を置いた。

「どうやらふたりとも大丈夫そうだね」ヤネクが言う。

「だといいんですが」カトリンはそう答え、いますぐここを出て駆けつけるべきではないだろうかと考えた。

が、いま自分が行ってもたいして役に立てないだろう。それなら、こうして始めたことをきちんと終わらせたほうがいい。いまだ気になってしかたのない問いが、ひとつ残っていることだし。彼女はこう切り出した。

「ヨハネス、一般市民はきっと、あなたの状況を理解してくれると思います。少なくとも、理解する気のある人たちは」

「そういう人はたいてい少ないものよ」レベッカが言う。

「なるようになるさ」とヨハネスは言った。「どこかまで車で送ろうか、カトリン」

「わたしなら大丈夫です。それより、もうひとつだけ伺いたいことがあります」

「何だろうか」

「ニマがセードラ・フリューゲルン精神科病院に入ったあと、あなたはあまりお見舞いに行かなかったとおっしゃっていましたね。でも、何度かは行ったわけでしょう。彼がひどい扱いを受けていることに気づいたんじゃありませんか？」

「ああ、気づいたよ」

「どうして改善を求めなかったんですか？　どうしてもっといい病院に移さなかったの？」

「あらゆることを求めたよ。職員を怒鳴りつけたこともある。だが、それでも充分ではなかった。ぼくは早々にあきらめてしまった。逃げたんだ。ぼくに耐えられる限界を超えていたのかもしれない」

「どういう意味で？」

「世の中には見るに堪えないことがある」とヨハネスは言った。「最後には顔をそむけて、なかったことにする、それしかできない」

「そんなにひどかったんですか？」

「ぼくが見舞いに行ったかと訊いたね。初めのころは、かなり頻繁に行っていたんだ。だが、それから一年近くは行かなかった。気がついたらそうなっていた。久しぶりに訪ねたときには、緊張したし、ひどく気まずく憂鬱だったのを覚えている。ニマは灰色の服を着て、足を引きずるようにして歩いてきた。心を壊されてしまった囚人のように見えて、ぼくは立ち上がって彼を抱きしめた。彼の体はこわばっていて、生気が感じられなかった。ぼくは話をしようとした。数えきれないほど質問をした。だが、ニマはそっけない答えしか返してくれなかった。すっかりあきらめてしまったように見えた。それで、ついにぼくの中で何かがプツンと切れた。ぼくはすさまじい怒りを感じた」

「病院に対して？」

「ニマに対して」

「それは解せません」

「だが、それが正直な気持ちだった。罪悪感というのはそういうものだ。最終的には途方もない怒りを生み出す。ニマは、まるで……」

「まるで？」

「ぼくの裏面のようだった。ぼくが幸せな人生を得るために払った代償、それがニマだった」

「どういう意味ですか？」

「わからないかい？　ぼくはニマに返しようのない借りがあった。彼に感謝するにしても、彼をぼろぼろにした出来事を思い出さずにはいられなかった。クララが犠牲になったおかげでぼくは生きている。ニマが犠牲になったおかげでぼくは生きている。ついにはニマの妻までもが犠牲になった。とても耐えられるものではなかった。それで、セードラ・フリューゲルンには行かなくなった。目をそらしてしまったんだ」

第三十六章

九月九日

エリカ・ベルジェはまたかぶりを振った。いいえ、と彼女は言った。どうしてこうなったのかとは確かに思うけれど、いずれにせよ、その言い方は気に入りません。あの人は〝一分の隙もない優等生ちゃん〟でもなければ、凝り固まったモラリストでもない。抜群に優秀なジャーナリスト。文章にパワーがあって、読者を感情移入させる力もある。文句を言っている暇があったら誇らしく思うべき。さっさと出ていって自分の仕事をしなさい。

「さあ、早く」とエリカは言った。

「はい、はい」彼らがつぶやく。「ただ、ぼくらは……」

「ぼくらは、何？」

「いいえ、何でもありません」

若手記者、ステーン・オーストレムとフレディ・ヴェランデルがオフィスをすごすごと去っていき、エリカはふたりの背中に向かって悪態をついた。とはいえ、彼女だって不思議に思わないわけではないのだ。なぜこんなことになったのか？　ある男女のロマンス、ホテルでの一夜が、思わぬ展開になった――それは知っている。が、それにしても……カトリン・リンドースだなんて。

カトリン・リンドースが『ミレニアム』に寄稿するなど、世界がひっくり返ってもありえないことだとエリカは思っていた。だが、カトリンが寄せてくれたのは、重大きわまる暴露記事というだけではない。稀に見る熱のこもった、勢いのあるルポルタージュだった。記事はまだ発表されていないのに、ヨハネス・フォシェル国防相はすでに辞任、スヴァンテ・リンドベリ政務次官は殺人・脅迫・重大スパイ行為の容疑が固まり勾留されている。さまざまな情報がマスコミに漏れ、毎日のように、いや、毎時間のように大見出しが躍る。それでもなお、この件は『ミレニアム』の手柄として評価されているし、次号への期待値が低くなることもいっさいなかった。

〝『ミレニアム』次号に掲載される事実を理由に、大臣を辞任いたします〟。ヨハネス・フォシェルはプレスリリースにそう記していた。

まったく願ってもない状況だった。その一方で、ジャーナリスト界にはびこる嫉妬羨望のすさまじさも露呈した。『ミレニアム』に所属する記者ですら、何人かはこの成功を心から喜ぶことができず、スクープを提供した人物の悪口を言い出す始末だった。彼らはドイツの科学雑誌『GEO』との提携にも文句をつけた。それまで誰も聞いたことのなかった、パウリーナ・ミュラーという女性記者が、シェルパのニマ・リタの身元を特定する鍵となった科学研究について書いたのだ。

ミカエル本人は、事前調査を一手に担っていたにもかかわらず、ただの一行も書いていない。ほぼずっとベッドで痛みに耐え、何度も手術を受けて、モルヒネの靄の中でぼんやりしているように見えた。医師からは、半年以内にはまたふつうに歩けるようになるだろう、との嬉しい報告があり、それには皆がもちろん大いに安堵した。それでもミカエル本人は、ずっと自分の殻に閉じこもってふさぎ込んだままだった。ごくたまに、たとえばエリカの離婚が話題にのぼったりすると、いつものミカエルの調子が戻ってくることもあった。ミカエルという名の男との逢瀬についてエリカが語ったときには、笑い声まで上げていた。

「名前が同じなんて便利じゃないか」とミカエルは言っていた。が、自分のことや、今回経験したことについては、話す気力がないようだった。

ひとりきりで苦痛を抱え込むばかりで、エリカはそれが心配だった。今日は少しでも心を開いてくれるといいのだが。ミカエルは今日退院予定で、エリカは今夜、彼の自宅を訪ねるつもりでいる。だが、まずは彼が書いたトロール工場の記事に目を通そう。本人が掲載に難色を示し、しぶしぶ送ってきた記事だ。エリカは老眼鏡をかけて読みはじめた。ふむ、やはり出だしは悪くない。さすがミカエル、ストーリーの始め方を心得ている。ところが、そのあとは……なるほど、彼の気持ちも少しわかったかもしれない。

とにかくくどいのだ。話がややこしくなりすぎている。あまりにもたくさんのことを一度に言おうとしている。エリカはコーヒーを取りに行ってから、一文、また一文とそこかしこに取り消し線を入れた。ところが、そのうちに……これはいったい何だろう？　ルポルタージュの最後に、ぎこちない文章が付け足されている。ウラジーミル・クズネツォフという男が、ロシアのトロール工場を所有し、その事業の責任を負っているだけでなく、チェチェンの性的マイノリティを死に追いやったヘイトキャンペーンの首謀者でもある、と書いてあった。まったく聞いたことのない情報だ。

エリカは調べてみることにした。クズネツォフについて、インターネット上で見つかった情報は、どちらかというと……何の邪気もない内容だ。レストランを経営する料理人とのことで、ひょうきん者で、アイスホッケーの熱心なファンで、得意料理は熊肉ステーキ、政財界の大物のためのパーティーも手がける、とある。だが、ミカエルの記事に書かれた彼はまったくの別人だった。この夏の株価暴落を引き起こした、あの虚偽情報拡散キャンペーンとハッキング攻撃の黒幕が、この男だったというのだ。世界じゅうに拡散された数々の嘘もヘイトスピーチも、この男の命令で出されたものだった。センセーショナルとしか言いようのないニュースだ。ミカエルはいったいどういうつもりなのだろう？　こんな爆弾のような情報を、記事の最後に隠しておくなんて。しかも証拠のひとつも付けずに、情報だけぽんと放り出すなんて。

　最後の段落をもう一度読んでみると、クズネツォフの名前にリンクが貼ってあることに気づき、そこへ行ってみると、ロシア語で書かれたドキュメントがいくつも出てきた。エリカはイリーナを呼んだ。編集とリサーチを担当するスタッフで、この夏はミカエルの調査も手伝っていた。年齢は四十五歳、背が低くがっしりした体型で、髪は褐色、縁の太い眼鏡（めがね）をかけていて、口角を片方だけ上げて温かみのある笑みを浮かべる。イリーナは即座にエリカの椅子に座って資料に没頭した。読みながら内容を口頭で翻訳していく。それが終わると、ふたりは顔を見合わせ、こうつぶやいた。

「ちょっとこれ、とんでもない話よね？」

　ミカエルはそのときちょうど、松葉杖をついてベルマン通りの自宅に戻ったところで、エリカが電話で何をまくしたてているのかさっぱりわからなかった。もっとも、いつものようには頭が働いていなかったことも事実だ。モルヒネ漬けで頭が重いし、悪夢のような記憶に悩まされてもいる。

病院では初め、リスベットといっしょだったので、いくらかは穏やかな気持ちでいられた。自分がどんな目に遭ったかを理解してくれる唯一の人がそばにいる、というのが支えになったのかもしれない。ところが、その状態に慣れてきたところで、彼女はさよならも言わずに姿を消してしまった。もちろん大騒ぎになった。医師や看護師が彼女を捜して走りまわっていた。関係者の事情聴取も終わっていないのに、ブブランスキーやソーニャ・ムーディグも捜索に加わった。が、もちろん無駄だった。

リスベットがいなくなって、ミカエルは大きなショックを受けた。ちくしょう、リスベット、どうしていつもいつもぼくのもとから逃げていく？　いまのぼくにはきみが必要なんだ、わからないのか？　だが、嘆いたところでどうにもならない。ミカエルは罵詈雑言や怒りの言葉、それに鎮痛剤を増やして彼女の不在を埋め合わせた。

ときおり、昼と夜のはざまの時間帯になると、精神が限界まで追いつめられることもあった。何時間か眠れたとしても、必ずモルゴンサーラの炉の夢を見る。自分の体が少しずつ、火の海の中へ押し込まれ、やがて炎にのみ込まれる。そして、ときに悲鳴を上げながらはっと目を覚まし、頭の混乱した状態で自分の両足を見下ろして、本当には燃えていないことを確かめるのだった。

見舞客の来てくれる午後がいちばんましだった。気がつけば自分の苦しみを忘れかけている瞬間もあったし、少なくともあのガラス工場の記憶を遠ざけておくことはできた。もっとも、きらきらと輝く瞳をした黒人女性が花束を持って現われたのは、まったくの予想外だった。ズボンの裾が広がった明るい青のスーツ姿で、髪は編み込みでていねいにまとめてある。まるでランナーかダンサーのようで、ほとんど音を立てずに動く。ミカエルは初め、見覚えのある人だがどこで見ただろう、と考えていた。が、やがて思い出した。カディ・リンデルだ。フィスカル通りのマンションを訪ねたときに、その玄関で出会った、さまざまな会社や団体の役員を務めている人物である。

何かお役に立てることはないかと思って、とカディは言った。新聞でミカエルが事件に巻き込まれたことを知り、ショックを受けたのだと言う。が、ほかにも何か話したいことがありそうで、気まずそうに身をよじっているので、ミカエルは好奇心が湧いた。

「メールが来たんです」とカディが言った。「正確には、メールではなかったんですが。画面がチカッと光ったと思ったら、それまでにはなかったファイルが魔法みたいに出現していて。内容は、フォルメア銀行のフレディ・カールソンに関するものでした。ご存じかしら、あの人は今年ずっと、誹謗中傷でわたしの足を引っぱろうとしてきました。ビジネス誌『ヴェッカンス・アファーレル』で、わたしに卑怯だと言われたことを根に持っているんです」

「確かに、そんなこともありましたね」

「ええ。で、このファイルには、フレディがバルト三国での事業責任者を務めていたところに、巧妙なマネーロンダリングに手を染めていた事実と、その動かぬ証拠が記されていました。卑怯どころか、正真正銘の犯罪者だったわけ」

「なんてこった」

「でもね、いちばん驚いたのは、そのことじゃないんです。その下に書いてあったメッセージでした」

「何と書かれていたんですか?」

「ほぼそのとおりに引用すると、こんなことが書いてありました。〝わたしが引っ越したことを知らないやつがいるかもしれないから、監視カメラはこれからもチェックします〟。それだけ。最初、意味がわからなかった。送信者のアドレスも名前もなかったし。でもそのあと、あなたが私のマンションを訪ねていらしたこと、モルゴンサーラでの事件のことを思い出して、気づいたんです。前の住人はリスベット・サランデルだったにちがいない、って。それで、私……」

「心配する必要はありませんよ」ミカエルが口をはさんだ。

「心配……いいえ、心配なんて全然していません。むしろ感激でした！　フレディ・カールソンについてのファイルは、自分のせいでわたしがいやな目に遭うかもしれないということで、リスベットが埋め合わせに送ってくれたんですよね。私、もうすっかり動転してしまって。それでなおさら、あなたがたのお役に立ちたいと思ったんです」

「そんな必要はありませんよ」とミカエルは言った。「来てくださっただけで嬉しいです」

そこでミカエルは、のちにわれながら驚いたほどの名案を思いついた。『ミレニアム』取締役会の会長になってもらえないか、とカディに頼んだのだ。マスコミ市場内での『ミレニアム』の立場はけっして強くなく、これまでにも買収されそうになったことが何度もある。そうしたことを考えての提案だった。カディは顔を輝かせ、即座に承諾してくれた。その翌日にはもう、ミカエルはエリカやほかのスタッフの同意を取りつけていた。

このようなことはあったが、誰よりも頻繁（ひんぱん）に見舞ってくれたのは、もちろんカトリンだった。ふたりがもはやカップル同然だからというだけではない。ミカエルも当然、カトリンのルポルタージュに多大な関心を寄せているからだ。草稿を読み、内容についてふたりで議論を重ねた。すでにスヴァンテ・リンドベリもスタン・エンゲルマンも警察に身柄を拘束されている。イヴァン・ガリノフも同様で、ズヴェズダ・ブラトヴァのほうは強力な庇護者のおかげでしぶとく生き延びそうだが、スヴァーヴェルシェー・オートバイクラブはこれで一巻の終わりだろう。

　他方、ヨハネス・フォシェルは難局をうまく切り抜けられそうだ。ミカエルはカトリンが彼に甘すぎるとしばしば感じたが、何はともあれこのスクープを提供してくれたのはフォシェルだし、ミカエル自身、彼のことは気に入っている。だから、そこは妥協するしかないのだろう。レベッカや子どもたちもほっとしていることだろうし。

　とはいえ、何よりもよかったのは、ニマ・リタがネパールのタンボチェで仏教の慣習に従い火葬されたことだ。追悼会ももう一度行なわれるということで、ボブ・カーソンとフレドリカ・ニーマンが現地に向かっている。今回の件はいろいろな面で決着がつきつつあるようだ。それでもミカエルは手放しで喜ぶ気分になれずにいた。すべてを傍観しているだけのような気がしていた。エリカが電話の向こうで興奮して何やらまくしたてているいまは、とくにそんな気分だ。まったく、いったい何の話だ？

「クズネツォフって誰だ？」とミカエルは尋ねた。

「何なのよ、ふざけてるの？」

「ふざけてるって？」

「自分で暴いたくせに、クズネツォフのこと」

「暴いてないよ」

「病院でどういう薬をもらってるの？」

「何にせよ少なすぎる」

「それにしても、ずいぶん雑な文章だった」

「最初からそう言ってるだろ」

「雑だけど、はっきり書いてあるじゃない。ウラジーミル・クズネツォフがこの夏の株価暴落を引き起こした張本人だ、って。チェチェンで同性愛者が虐殺された件にも責任がある、って」

ミカエルにはわけがわからなかった。難儀しながらパソコンに向かい、自分で書いた記事を開いた。

「信じがたい話だな」

「あなたがそう言ってることのほうが信じがたいんだけど」

「これは、きっと……」

ミカエルは最後まで言わなかった。言う必要もなかった。エリカも同じことを思いついたらしい。

「もしかして、リスベット絡み？」

「わからない」ミカエルはショック状態のまま答えた。「何にせよ、教えてくれ。クズネツォフが何だって？」

「自分で読んでごらんなさい。添付されてる書類や証拠は、イリーナがいま翻訳してくれてる。とにかくとんでもない話よ。クズネツォフこそ、プッシー・ストライカーズが『キリング・ザ・ワールド・ウィズ・ライズ』で歌ってる男なの」

「誰が何で歌ってるって？」

「あら失礼、あなたの頭の中はティナ・ターナーあたりで止まってるんだった」

「おいおい、馬鹿にしないでくれよ」

「努力はします」

「まずはこの件を確認させてくれないか」

「今夜そっちに行くから、そのときに相談しましょう」

ミカエルは、午後に来る予定のカトリンのことを考えた。

「いや、明日にしよう。この件、もう少し理解しておきたいし」

「わかった。ところで、気分はどう？」

ミカエルはあらためて考えてみた。エリカには真剣な答えを返すべきだという気がした。

「かなりきつかった」

「そうよね」

「でも、いまは……」

「いまは？」

「生きる力をちょっと注入された気がする」

ミカエルは早いところ電話を切りたいと思った。

「ちょっと、そろそろ……」

「連絡したい人がいるんでしょう」

「まあ、そんなところだ」

「また明日ね」

ミカエルは電話を切ると、すでに病院で数えきれないほどしたことを、また繰り返した――リスベットに連絡を取ろうとしたのだ。これまで彼女からは何の音沙汰もなく、カディ・リンデルにメッセージが送られてきた件を除けば、人づてにリスベットの話を耳にすることもなかったので、とにかく心配だった。それが漠然とした不安、忍び寄るいやな予感の一部となっていて、夜と朝がいちばんつらい。リスベットはもう止まれないのではないか。過去の影をまた新たに探し出して、復讐を仕掛けようとするのではないか。そうして最終的には運に見放されるのではないか。そんな考えが頭から離れない。まるでリスベットは壮絶な最期を遂げる運命だと決まっているかのようで、とても耐えられなかった。ミカエルは携帯電話をつかんだ。今度は何と書こう？　窓の外ではまた雲が立ちこめている。風が強くなり、窓ガラスがわずかに震えていて、ミカエルは心臓の鼓動を感じた。モルゴンサーラで大きく口を開けていたあの炉の記憶が押し寄せてくる。きついぐらいの言葉遣いでいいのではないかという気もした。とにかく連絡しろ、と。そうしなければ頭がおかしくなりそうだ。

にもかかわらず、軽い調子で書いた。こちらがどんなに心配しているか、知られるのが怖いのかもしれなかった。

大スクープをものにする手助けだけでは物足りなかったってわけか。クズネツォフの生首まで、皿に載せて差し出してくれるなんて。

だが、今回も返事はなかった。そのまま時が経ち、夕方にはカトリンが来て、ふたりはキスを交わし、ワインを開けた。そうしてしばらくのあいだ、ミカエルはいやな予感を忘れ去ることができた。ふたりで休みなく話を続け、そろそろ十一時になろうというころ、絡み合うように抱き合って眠りに落ちた。が、ミカエルはその三時間後、何か恐ろしいことが起きつつあるという予感に襲われて目を覚ました。不安になって携帯電話に手を伸ばしたが、リスベットからはひとことの返事も来ていない。ミカエルは松葉杖をついてキッチンへ行くと、そこで腰を下ろし、夜が明けるまでリスベットのことを考えていた。

エピローグ

嵐の予兆が漂う中、アルトゥル・デロフ警部補はヴォルゴグラードの北西にあるゴロジシェで、全焼した一軒家の前の未舗装路に車を駐めた。この火災が、なぜこれほどの騒ぎを巻き起こしているのか、いまひとつよくわからない。

負傷者はひとりもいないし、家自体にもたいした価値はなかった。そもそもあたり一帯が貧しく、手入れもろくにされていない界隈だ。このあばら家の所有者は名乗り出てすらいない。にもかかわらず、お偉方が集まっているのだ。諜報機関の連中だが、おそらくギャングもまじっているだろう。それから、本来なら学校に行っているか、家でママと過ごしているべき歳ごろの少年たちも。アルトゥルは少年たちを追い払い、廃墟を見渡した。ほとんど何も残っておらず、古い鉄の暖炉と折れた煙突しか見えない。それ以外はすべて燃え尽きた。焼け跡の地面の火も完全に消えている。敷地全体が破壊しつくされ、真っ黒な風景と化していて、その中央に、まるで地下世界への入口のようにぽっかりと穴があいている。すぐそばに、焦げた幽霊のような木が何本かあり、枝はまるで炭化した指のようだ。

吹きつけた突風で、地面から灰や煤が吹き上げられて飛び散り、呼吸が苦しくなった。空中に毒が漂っているように感じられ、アルトゥルは胸がぐっと締めつけられる心地がした。が、そんな感覚をなんとか振り払うと、瓦礫の中で前かがみになっている同僚、アンナ・マズロヴァのほうを向いた。

「これは、いったいどういうことなんだろうか」

アンナの髪は、粉状やフレーク状の煤にまみれていた。

「たぶん、示威行動ですね」

「というと？」

「この家は、いまから一週間前、ストックホルムの弁護士事務所経由で何者かに購入されたんだそうです」とアンナは言った。「ここに住んでいた家族は、ヴォルゴグラードのもっと新しくていい家に移りました。昨晩、家具が運び出され、中から爆発音が聞こえた。それで家が燃え上がり、全焼したというわけです」

「で、お偉方は何を心配しているんだ？」

「犯罪シンジケート、ズヴェズダ・ブラトヴァの創設者であるアレクサンデル・ザラチェンコが、ここで生まれたんです。両親が亡くなったあとは、ウラル山脈地方、スヴェルドロフスク州にあった孤児院に移された。そこも一昨日全焼しました。それで一部の有力者が不安になっているみたいですね。シンジケートはいまちょうど、ほかのことでも窮地に立たされているから」

「つまり、何者かが悪の根源を徹底的に焼き払おうとした。そんなふうにも取れるな」アルトゥルはそう言い、物思いにふけった。

ふたりの頭上で雷が鳴りだした。突風が、焼け跡の灰や煤を引き連れて木々のあいだを吹き抜け、この界隈の外まで運んでいく。ほどなく雨が降りだした。空気をきれいにしてくれそうな、すっきりとした雨で、アルトゥル・デロフは胸のつかえが取れていくのを感じた。

それからまもなく、リスベット・サランデルはミュンヘンに到着した。タクシーの中で携帯電話を見ると、ミカエルからのＳＭＳがずらりと並んでいる。彼女はついに返信することにした。

［終止符を打ってきた］

すぐに返事が来た。

［終止符？］

［再出発の時が来たってこと］

そして、リスベットは微笑んだ。彼女には知る由もなかったが、ミカエルもベルマン通りの自宅で微笑んでいた。新しい何かの始まる時が、確かに来たようだった。

謝辞

私の作品の発行責任者であるエヴァ・イェディーン、私のエージェントであるマグダレーナ・ヘードルンドとイェシカ・バブ・ボンデに、心から感謝します。

ノーシュテッツ社の発行責任者、ペーテル・カールソンと、私の編集者であるインゲマル・カールソンにも、多大なる感謝を。スティーグ・ラーソンの父エルランドと、弟ヨアキム・ラーソンにも、感謝の意を表します。

シェルパの遺伝子について教えてくれた、ジャーナリスト・作家のカーリン・ボイス、それについての調査を手伝ってくれた、法医学のマリー・アレン教授にも。

カスペルスキー社のセキュリティー・リサーチャーであるダヴィド・ヤコビー、英国の出版元の担当者であるクリストファー・マクルホーズ、英語への翻訳者ジョージ・ゴールディング、法医学のヘンリック・ドルイド教授、ストックホルム法医学局のペトラ・ロステン＝アルムクヴィスト課長、ギタリストでライターのヨハン・ノルベリ、ＤＮＡコンサルタントのヤコブ・ノーシュテット、ペーテル・ヴィットボルト警部補、ノーシュテッツ・エージェンシーのリンダ・アルトロフ・ベリィ、カトリン・モルク、カイサ・ルードにも、そして私の一人目の読者、愛するアンにも、心より感謝します。

解説

書評家
酒井貞道

リスベット・サランデルは、強烈、鮮烈なキャラクターである。

他者にほとんど心を開かない。冷たい。孤高。やられたらやり返す。ネット社会における調査能力はピカイチで、ハッカーとしての腕前は天才的、これで鼻ピアスにドラゴン・タトゥーと来れば、サイバーパンクの香りすら漂ってくる。無敵や不死身、常勝でこそないが荒事にも強い。暴力の香りは彼女に付いて回る。そしてもちろん、当然のように、陰惨で悲劇的な過去を持つ。何というか、キャラクターとして、あまりにも〝欲張りセット〟である。

しかも、シリーズが進むと、リスベットの親族が怪物化して登場する。その程度たるや尋常ではない。第二次世界大戦後に北欧社会で出来した、ありとあらゆる邪悪が、彼女の近い親等内にぎゅっと凝縮されている。のみならず、悪の支配者すら含まれている。実家で彼女が石を投げたら、〝黒幕〟に必ず当たる。そのような恐るべき親族たちに、リスベットは一人で孤独に戦いを挑むのだ。ちょっと設定を盛り過ぎじゃないですかね。

だがしかし、である。けれども、である。にもかかわらず、である。〈ミレニアム〉シリーズの最初の作家スティーグ・ラーソンは、このケレン味の塊であるリスベット・サランデルに、強靭な生命を吹き込んだ。読者は、彼女の果断な行動の数々に、目を奪われっぱなしとなる。彼女が悪人へ鉄槌を下すことに快哉を叫ぶ。シリーズ途中で明かされる彼女の過去は見るに忍びなく、親族との因縁溢れる戦いに胸が痛み、ピンチに手に汗握り、彼女が限られた人間に稀に見せる僅かな人間味に心奪われる。〝設定を欲張った主人公〟の全てが、常にリスベットほどに読者を惹きつけるかというと、答えは否だ。設定が作り物めいている人物を、読者の心に馴染ませるのは非常に難しい。ところがリスベット・サランデルは読者の心をつかむことに成功した。これこそ小説の魔術、創作の魔法であり、恐らくは全ての作家が夢見る「広げた風呂敷に感情移入させる」が、実現されている。

このような主人公を得たシリーズは強い。しかも第一作から第三作に至る旧三部作は、終わってみれば、リスベット・サランデル自身の物語に他ならなかった。だから余計に、彼女の人物像が読者の印象に残ったのだろう。この方向性は、作者がダヴィド・ラーゲルクランツに代わった第四作から第六作（本書）の新三部作でも引き継がれた。本書において、シリーズ全体は、リスベット・サランデルのサーガとして見事に完結する。

彼女に比べると、〈ミレニアム〉シリーズのもう一人の主人公、ミカエル・ブルムクヴィストは、地味だ。彼は、正義感に溢れる有能で硬派なジャーナリストである。おまけにシリーズ開始の時点で、既に赫々たる名声を築いていた。彼や彼の出版社が危機を迎えていることとそれ自体が、ニュースバリューを産むほどである。性的に多少放埒なのは、ご愛嬌だ。いずれにせよ、彼の設定や性格、行動様式は、十分に〝娯楽小説の主人公〟たり得る。彼は客観的にはセレブリティに属する人物であり、派手な人物であるはずなのである。もう一人の主役がリスベット・サランデルなのが、運の尽きであった。

というわけで正直なところ彼は印象が薄い。彼が創刊した雑誌『ミレニアム』がシリーズのタイトルになっている。またシリーズ通して、彼と同誌の危機は頻発し、プロットを牽引する機会が多い。ミカエルが物語の中心軸にいることは確かなのだ。しかし、存在感の点では、リスベットに位負けしてしまう。

ではどうでもいいのか、邪魔なのかというと、とんでもない。ミカエルと雑誌『ミレニアム』は、現代社会が抱える各種の根深い問題を、稠密に綿密に誠実に、掘り起こす。ミカエルの存在感は（リスベット比で）弱いかもしれないが、彼とその取材動向は、虚構色が濃いリスベットの人生を、現代社会に違和感なく結わえ付ける機能を果たしているのだ。主役がリスベットのみであれば、〈ミレニアム〉は、骨肉相食む、シンプルな私的復讐譚にしかならなかった恐れがある。シリーズの複数作品に登場する悪役も、設定の割には矮小に見えたかもしれない。ミカエルの存在は、リスベット周辺の物語を社会の側から俯瞰した上で、各作品でそれぞれ提示される社会的テーマと並置することなどにより、サーガに奥行きとスケール感をもたらした。それも、極めて現代的、二十一世紀的な形でだ。〈ミレニアム〉六作は、現代の北欧社会の闇を抉り出す社会派ミステリとしての性格を有し、北欧ミステリの隆盛を導き出した。リスベットのみでそこまでの膂力を持ち得ただろうか。答えは明らかで、ミカエルの視点がなければ、〈ミレニアム〉は現代社会と切り結べず、これほどの訴求力は生じなかったはずである。彼の功績は大きい。

それは、本書『ミレニアム6　死すべき女』でも同様である。

ストックホルムの公園で、ダウンジャケットを着た、物乞いの男が死体で発見される。

ズボンのポケットからは、ミカエル・ブルムクヴィストの電話番号を記した紙が見つかった。また、法医学者は、男が殺害された可能性を口にした。男の身元に心当たりのないミカエルは調査を始め、自分に敵対的な評論家が、生前の男に大声で何事かをわめかれていたことを知る。男は、国防大臣について何かを叫んだが、意味は不分明であった。ミカエルは、リスベット・サランデルに男の調査を依頼することにする。その頃、リスベットは、双子の妹カミラを追い、モスクワにいた。

リスベット側の物語は、最初から劇的に展開していく。彼女自身の物語でもある全六長篇の掉尾を飾るエピソードなのだから、それも当然かもしれない。片や、ミカエルが主に調査する、死んだ男の謎は、物語としてはスロースタートで、火が付くまでやや時間がかかる。だが、この事件が社会に与える波紋は、やがてうねりとなって両主人公を呑み込む。その波紋の具体的内容は特に秘すが、これだけは言っておこう。本書は、山岳小説好きにもオススメである。そして全ては、シリーズ全体の大団円に向かって驀進する。

〈ミレニアム〉シリーズは、劇的である。それは作品外の出来事についても言える。第一作から第三作を書いたスティーグ・ラーソンは、その世界的成功を見ることなく世を去る。

残されたのは全十作という構想と、第四作・第五作に関する遺稿やメモであった。しかしシリーズを巡る、ラーソンの恋人や遺族、原語版の出版社に見解の相違（婉曲表現）があった結果、ダヴィド・ラーゲルクランツがシリーズを書き継ぐことになった際、この遺稿が活かされることはなかった。そうして生まれた第四作から第六作にかけて、リスベットの人間味こそ若干増したものの、本質的な部分では、二人の主役が変わることはなかった。論より証拠、この新三部作は読者に受け入れられ、世界的に大ヒットしたのである。

ここで着目したいのは、リスベット・サランデルとミカエル・ブルムクヴィストが、スティーグ・ラーソンの死を乗り越えた事実だ。それも同人誌やスピン・オフ、他作品へのゲスト出演などではない。正当な続篇、それも創造主が遺した〝聖典〟と質量共に肩を並べる続篇が、ラーソンの死後に生まれたのだ。これを実現させた架空の人物は、ごく僅かである。ミステリの世界では、パスティーシュや、小説以外の媒体を含めても、シャーロック・ホームズやジェームズ・ボンドぐらいしか類例がない。

このように考えたとき、ラーゲルクランツが〈ミレニアム〉から身を引くと宣言したことは、非常に残念である。と同時に、期待も膨らむ。

二〇一九年に刊行された本書で、リスベットの物語は落着した。その翌年、二〇二〇年に、世界は疫病ＣＯＶＩＤ－19に覆われ、マネー・ゲームは一層の隆盛を遂げ、世界中で情勢は一変した。シャーロック・ホームズが第一次世界大戦を、ジェームズ・ボンドが冷戦終結を、それぞれ乗り越えて架空人物としての命脈を保ったように、リスベット・サランデルとミカエル・ブルムクヴィストもまた、このアフター・コロナを生き延びるべきなのだ。それこそが、創造主の死を克服した、選ばれし架空の人物(キャラクター)の義務である。そして、その履行が、二人目の作者が手を引いた程度のことで潰えて良いのか？

だからこそ、期待と激励を込めて、こう記す。

また会おう、リスベット・サランデル。

二〇二一年一月

本書は、二〇一九年十二月に早川書房より単行本として刊行された作品を文庫化したものです。

制裁

ODJURET

アンデシュ・ルースルンド&
ベリエ・ヘルストレム
ヘレンハルメ美穂訳

〈「ガラスの鍵」賞受賞作〉凶悪な少女連続殺人犯が護送中に脱走。その報道を目にした作家のフレドリックは驚愕する。この男は今朝、愛娘の通う保育園にいた！　彼は祈るように我が子のもとへ急ぐが……。悲劇は繰り返されてしまうのか？　北欧最高の「ガラスの鍵」賞を受賞した〈グレーンス警部〉シリーズ第一作

ハヤカワ文庫

コールド・コールド・グラウンド

The Cold Cold Ground

エイドリアン・マッキンティ
武藤陽生訳

紛争が日常と化していた80年代北アイルランドで奇怪な事件が発生。死体の右手は切断され、なぜか体内からオペラの楽譜が発見された。刑事ショーンはテロ組織の粛清に偽装した殺人ではないかと疑う。そんな彼のもとに届いた謎の手紙。それは犯人からの挑戦状だった！　刑事〈ショーン・ダフィ〉シリーズ第一弾。

〈訳者略歴〉
ヘレンハルメ美穂　国際基督教大学卒，パリ第三大学修士課程修了，スウェーデン語翻訳家　訳書『ミレニアム１』ラーソン（共訳／早川書房刊）他
久山葉子　神戸女学院大学卒，スウェーデン語翻訳家　訳書『許されざる者』ペーション他

HM=Hayakawa Mystery
SF=Science Fiction
JA=Japanese Author
NV=Novel
NF=Nonfiction
FT=Fantasy

ミレニアム６
死すべき女
〔下〕

〈HM456-6〉

二〇二二年二月二十日　印刷
二〇二二年二月二十五日　発行
（定価はカバーに表示してあります）

著者　ダヴィド・ラーゲルクランツ
訳者　ヘレンハルメ美穂　久山葉子
発行者　早川浩
発行所　株式会社　早川書房
郵便番号　一〇一 - 〇〇四六
東京都千代田区神田多町二ノ二
電話　〇三 - 三二五二 - 三一一一
振替　〇〇一六〇 - 三 - 四七七九九
https://www.hayakawa-online.co.jp

乱丁・落丁本は小社制作部宛お送り下さい。送料小社負担にてお取りかえいたします。

印刷・三松堂株式会社　製本・大口製本印刷株式会社
Printed and bound in Japan
ISBN978-4-15-183006-8 C0197

本書は活字が大きく読みやすい〈トールサイズ〉です。